DROEMER

Gert Heidenreich

Die andere Heimat

Erzählung

Mit einem Nachwort
von Edgar Reitz

DROEMER

Besuchen Sie uns im Internet:
www.droemer.de

FSC
www.fsc.org
MIX
Papier aus verantwortungsvollen Quellen
FSC® C083411

Umschlaggestaltung: ZERO Werbeagentur, München
Umschlagabbildung: FinePic®, München
Satz: Adobe InDesign im Verlag
Druck und Bindung: CPI books GmbH, Leck
ISBN 978-3-426-28111-6

2 4 5 3 1

Etwas in ihr schrie.

Margarethe Simon schwankte auf dem Stuhl zwischen ihren Söhnen, die sie zum Feldrain trugen, ihr Körper neigte sich mit den Schritten von Gustav und Jakob nach links und rechts, und während Margarethe lächelte, schrie etwas in ihr.

Es war nicht ihre Krankheit, nicht die Atemnot, es war die Not des Abschieds, die in ihr schrie, es war die Gewissheit, dass von morgen an einer der beiden, Gustav, der Ältere, nicht mehr hier sein würde, um sie mit Jakob zum Rand des Leinfeldes zu tragen, dessen Blau sich bis zum Horizont dehnte und dort zu verdunsten schien.

Zwanzig Stunden. Mehr waren es nicht mehr. Und diese Stunden waren, das spürten alle, die hier lebten, voller Abschied.

Margret war neunundvierzig Jahre alt, ihr Haar war grau. Sie hatte sich lange gefürchtet vor diesem Sonntag im Juni 1843, dem Achtzehnten des Monats, der ihre Familie teilen würde und vielleicht bald das ganze Dorf. Es gab nichts anderes mehr als die Teilung ihrer Welt in jene, die gingen, und jene, die blieben. In jene, die weniger Angst vor den Gefahren der unfassbar weiten Reise über das Weltmeer als vor dem Hunger zu Hause hatten; und die anderen, die wussten, dass sie mit einer leeren Stelle im Herzen zurückbleiben würden, doppelt hungrig von nun an.

Gustav hatte versprochen, wiederzukommen, wenn er, wie es allenthalben hieß, sein Glück gemacht hätte. Margret Simon konnte sich nicht beruhigen mit diesem Trost. Sie wusste, dass es ein Abschied für immer war. Trennung bis in den Tod. Niemand konnte diesen Abschied verhindern, sie nicht, der preußische König nicht und nicht einmal Gott, der ihr von fünf Söhnen die beiden gelassen hatte, um ihr jetzt einen zu nehmen.

Noch einmal trugen Gustav und Jakob ihre Mutter gemeinsam auf einem Stuhl über den Feldweg aus dem Dorf hinaus und auf das blühende Flachsfeld zu. Der Stuhl schaukelte sanft zwischen ihnen, und Margret lächelte. Sie fühlte sich leicht zwischen ihren kräftigen Söhnen, die sie aus dem Dorf hinausbrachten, dorthin, wo über den Halmen das Leinblau bis zum Horizont dalag wie ein zweiter Himmel unter dem ersten.

Der Arzt hatte darauf bestanden, dass sie in die Natur gebracht wurde, so oft dies nur ging. Als er das letzte Mal ihre Lungen abgehört hatte, konnte sie ihm seine Besorgnis ansehen.

»Margretche, deine Lunge rumpeln und rassele wie ein alter Bollerwagen. Dau musst naus an die Sonne und die gute Luft atme! Sonst bringt die Lungesucht dich um. Kee Arzt is so gut wie die freie Natur! Vom gute Esse, das de brauche tätst, will eich gar net rede.«

Sie hatte genickt und wie üblich geantwortet: »Wie soll denn des geh?«

Dann aber hatte sie eingestanden, dass es ihr längst schwerfiel, ihrer Hausarbeit nachzukommen. »Eich han ja kei Luft zum weite Laufe, eich tu mich auf die Bank setze vorm Haus.«

Doktor Zwirner hatte ihr das ausgeredet, die Misthaufen und Güllegruben vor den Schabbacher Häusern, der Rauch von der Schmiede direkt gegenüber: Das war nicht die Luft, die Margarethe Simon brauchte. Er hatte aus dem Fenster der Stube auf die Schmiede gegenüber geblickt, wo Johann Simon den Gaul von Zwirners Kalesche neu beschlug, und gesagt:

»Wenn dau net laufe kannst, musst dau getragen werden. Wozu hast dau den Hannes und eure starke Bube! Wannste tot bist, kannste aach kee Hausarweit mache.«

Morgen würde nur noch Jakob hier sein. Sie konnte sich nicht vorstellen, wie der sie allein tragen sollte. Jakob war der Jüngere, ein schmaler, hochgeschossener Träumer, er hatte nicht Gustavs Kräfte. Gustav war morgen nicht mehr hier. Gustav war auf dem Weg nach – – –

Hier wollte sie nicht weiter denken. So viel Furcht vor der Zukunft war noch nie in ihr gewesen. Nicht in all den Jahren, in denen sie oft nicht gewusst hatte, was sie abends auf den Tisch stellen sollte.

Zum letzten Mal das Getragenwerden genießen. Noch einmal leicht sein. Schweben. Weil morgen alles schwer werden würde.

Margarethe Simon blickte voraus auf den blühenden Flachs und nahm stumm Abschied von Gustav, der links von ihr ging und mit der einen Hand die Sitzfläche, mit der anderen die Lehne hielt, in seinen Gedanken aber schon übers Meer fuhr, unausdenklich weit, in ein Land mit seltsamem Klang, wo er die andere, die glückliche

Heimat finden würde. Doch seine Mutter, die niemals hinausgekommen war aus den Hügelschwüngen des Hunsrück, sah unheimliche Wälder und Abgründe, schwarze Menschen und reißende Bestien und verschlingende Gewässer, wenn sie an jenes Land dachte, das Gustav gewählt hatte, *Brasilien*, das Unvorstellbare und Bedrohliche, das ihr den Sohn nahm, den Ältesten, der noch vor einem Jahr versprochen hatte, in der Schmiede dem Vater die schwersten Arbeiten abzunehmen, weil Johanns Schlägen aufs Eisen die Wucht abhandenkam.

Sie sah rechts neben sich zu Jakob auf.

Er war es gewesen, mit seinem Schlaraffenland im Kopf, der seit Jahren vom guten Leben, vom Glück in der Ferne gesprochen hatte, von Brasilien und den grenzenlosen Möglichkeiten, die angeblich alle gefunden hatten, die schon ausgewandert waren. Die andere Heimat, die für jeden offen stand, der sich entschloss, die Hunsrücker Not zu verlassen. Schon als Junge schnappte er alles über Südamerika auf, befasste sich mit Geschichten über Indianer, redete in einem fort darüber und musste sich verspotten lassen für seine Schwärmerei.

Ausgerechnet der Pfarrer Hans Binz aus Simmern und der Lehrer Otto Bodtländer hatten ihm Bücher von Forschungsreisenden zu lesen gegeben. Sie hätten ihn besser ermahnen sollen, einer zu werden wie Gustav, der zupacken konnte und wusste, was das Leben von ihm forderte.

Jakob begann, sich in die Abenteuer und Bilder, die fremden Klänge und endlosen Urwälder hineinzuträumen, bis er mehr in ihnen zu leben schien als in Schabbach. Es war nicht seine freie Entscheidung, sich vor dem Hunger in seine Phantasie zu flüchten, um dort satt zu werden. Sondern die Welt, die aus den Büchern aufstieg, lockte ihn, sich in ihr zu verlaufen, und er konnte ihr nicht widerstehen.

»Niemeh Hunger.«

Er hatte das vor der leeren Kartoffelschüssel und der leeren Quarkschüssel beim Abendessen nur so vor sich hin gesagt, und Gustav, der auch noch Platz im Magen hatte, war sofort wütend geworden: »Spinnste wieder rum.«

Jakob ließ sich nicht einschüchtern. »In Brasilie geht keiner hungrig ins Bett! Da gibt's Kässchmier und Grumbiere[1] genug!«

»Was weescht dau schon von Brasilien!«, setzte Gustav drauf, und schon waren sie wieder im Streit über das Paradies hinter dem Meer.

»Vom Kaiser kriecht jeds genuch Land!«

»Vom Kaiser …«

»Un Vieh!«

»Der Kaiser von Brasilien!« Gustav hatte gelacht. »Der kennt daich doch gar net, dau Depp!«

Die Mutter hatte versucht, Jakob zu beruhigen: »Vom Hoffe alleensich werd käner satt, Jakobche.«

Und bevor der etwas erwidern konnte, hatte der Vater das Gespräch beendet: »Des kemmt bloß von de Bicher. Darr is jo all domm Zeug! Un Lese macht net satt.«

Margarethe hatte Jakobs Kinnmuskeln pumpen sehen. Wenn er zornig war, stiegen Tränen in seine Augen. Damals war er fünfzehn. Die Sehnsucht wuchs mit ihm. Er

1 Quark und Kartoffeln

war ein neugieriger Schüler, ein hartnäckiger Tagträumer und nicht für das Eisenhandwerk geschaffen. Vielleicht war er deshalb ihr Liebling. Sie hatte nie Lesen gelernt, aber wenn sie Jakob in ein Buch vertieft sah, spürte sie das Geheimnis, das ihn mit den Erzählungen verband. Sie hätte es gern mit ihm geteilt.

Und nun blieb er hier, und sein Bruder, der ihn so oft als Spinner verlacht hatte, nahm ihm seinen Traum weg und ging damit fort. Gustav verließ Schabbach. Die Familie. Mit ihm ging die Sicherheit dahin.

Jakob würde die Schmiede übernehmen müssen, ob er wollte oder nicht. Aber ein richtiger Schmied, dachte sie, wird der nie und nimmer.

Seltsam, wie sich alles gedreht hatte im letzten Jahr.

Sie schloss die Augen und fing an, dem leichten Schwanken zwischen ihren Söhnen nachzugeben, ließ ihren Kopf taumeln, ein Schwindel erfasste sie, ihr fiel jene Kirmesnacht ein, als sie jung war und Wein getrunken hatte und auf dem Tanzboden in Kirschweiler sich unter den Burschen den einen ausgesucht hatte, der am größten war, am stärksten und am meisten Branntwein in sich hatte.

Damals war es auch Juni gewesen, fast sommerlich warm, sie wusste den Tag nicht mehr, nur, dass sie sich in dieser hitzigen Nacht nach dem vierten Tanz mit dem Johann Simon aus der Schabbacher Schmiede, den sie alle Schmiedhannes nannten, von ihm festhalten lassen musste, sonst hätte sie sich ewig weitergedreht. Als er sie packte und ihren Körper spürte, wurde ihm selbst schwindlig, sie blieben stehen, schwankten leicht, hielten sich einer am anderen. Sahen einander an. Einen Augenblick zu lang. Die Kapelle spielte einen neuen Tanz, und sie waren vom Tanzboden die Treppenbretter hinuntergestiegen. Geflüchtet. Ins Dunkel gelaufen. Gesagt hatten sie beide nichts, aber viele stumme, gehetzte Schritte später, weit hinter dem Kirmesplatz am Kirschweiler Waldgrund, wo die Musik schon kaum mehr zu hören war und das meiste Licht vom Mond kam, hatte sie sich ins Moos gelegt, Johanns nasses Gesicht an sich gezogen und sich nehmen lassen, nein, sie hatte ihn genommen, selbst ihre Röcke hochgeschoben, hatte mit fiebernden Händen den schwitzenden Mann ermutigen müssen, und als die Natur seine Scheu besiegt hatte, war ihr der eigene Atem nicht mehr genug, und ihr schien es, als ob von jetzt an der Hannes für sie mit atmen müsste.

Damals hatte sie ihren ersten Sohn empfangen, Franz, und der wollte, wie später auch Lena, ihr viertes Kind, und wie der Jakob, ihr Jüngster, und jetzt Gustav, immer nur weg aus dem Hunsrück und fort über die Hügel und hinaus in die Welt.

Was war das nur mit den Simons, dass sie so flüchtig waren?

Franz war als Hufschmied zur Fremdenlegion unter die Franzosen gegangen, die hatten ihn nach Spanien geschickt in den ersten Carlistenkrieg, und dort war er geblieben, vielleicht hatte er da ein Grab, vielleicht nicht. Irgendwann hatte sie aufgehört, auf ihn zu warten, auf ihr erstes Kind, von allen dem Vater am ähnlichsten.

Auf der Kirschweiler Kerb war aus Margarethe Veeck *Schmieds Margret* geworden. Margret Simon. Johann hatte sie genommen, weil sie schwanger war. Ob er sie liebte? Er sorgte für sie, sie sorgte für ihn. Wenn sie ihn in der Schmiede von der Tür aus beobachtete, wie er hoch ausholte und aufs glühende Eisen hämmerte, bewunderte sie ihn. Sie liebte den Schwung seines Arms. Den Klang der Schläge auf dem Amboss. Aber sie sagte es nicht.

Wenn er abends als schwarzer Mann aus der Schmiede kam und wortlos zum Küchentrog ging, um sein Gesicht und den ganzen Oberkörper mit Seife zu waschen, goss sie aus dem Eimer Wasser nach und hielt ihm das Handtuch hin. Die anderen warteten am Tisch, bis er fertig war und sich setzte. Dann war aus dem schwarzen Schmied wieder der Vater geworden, dem von der Mutter als Erstem die Grumbieren auf den Teller gelegt wurden.

Sieben Kinder. Drei lebten. Sie fragte sich plötzlich, ob sie noch alle Namen wusste. Und die Gesichtchen? Alles löste sich auf. Ein kleines Bleiches, schemenhaft im kleinen Sarg. Dann nur noch ein weißer Raum.

Das Schwanken war vorüber. Gustav und Jakob hatten sie auf ihrem Stuhl am Feldrand abgesetzt.

Sie öffnete die Augen, aber das Blau des Leinfelds blieb aus. Sie blickte in ein graues Nichts. Sie riss den Mund auf. Doch sie konnte nicht rufen.

* * *

Unter ihr im Tal lag die Mosel wie eine silberne Riesenschlange zwischen den Weinbergen, die vom hellen Grün der jungen Rebentriebe überzogen waren. Die Natur hatte in diesem Jahr spät begonnen, ihre Kräfte zu zeigen, der Winter hatte sich bis in den Mai hingezogen.

Lena hielt ihre kleine Tochter auf dem Schoß und sah schweigend auf den Fluss. Ohne es zu merken, griff sie nach dem Kreuz, das sie an einer dünnen Halskette trug. Schmerz und Zorn, die sie in den letzten Jahren mit Resignation verdeckt hatte, waren wieder da. Sie spürte, dass es Zeit wurde, all das zu ändern, womit sie sich abgefunden hatte. Wenn Gustav sie noch einmal sehen wollte, bevor er auf immer davonging, war das für sie ein Zeichen.

Jetzt stiegen die Bilder von damals wieder auf, als ihre Familie sie verstoßen hatte. Irgendwie hatte sie gelernt, es zu ertragen. Die eigene Familie war ihr wichtiger geworden. Doch heute fühlte sie sich zum ersten Mal auch von ihrem Mann allein gelassen. Er hatte ihre Angst und ihre Wut und ihre Sehnsucht nach den Brüdern und den Eltern mit einer Handbewegung abgetan: »Die haben damals kein Herz gehabt und heute auch nicht.«

Walter Zeitz war ein stiller, unauffälliger und zuverlässiger Mann, nicht wie die Winzer vom Rhein, denen man hier nachsagte, sie seien immer gut gelaunt, und wenn sie nicht gut gelaunt waren, seien sie grob wie die Abdecker.

Walter war Moselwinzer. Ein ausgeglichener Charakter, den man ebenso selten schimpfen wie lachen hörte. Ihr hatte gefallen, dass er nicht viel sprach.

Knapp sechzehn Rheinische Morgen war das Gut groß, das er als einziger Sohn geerbt hatte, drei Viertel davon Steillagen. Dazu ein großes Wohnhaus überm rechten Moselufer, oberhalb von Zell, in Althaus, das an der Hunsrückseite lag.

So war Lena wenigstens ein Stück weit in ihrer Heimat geblieben.

Aus der Schabbacher Armut ins wohlständige Moselweingut Zeitz. Für sie und ihren Mann war es, trotz der Mühen an den ansteigenden Hängen und der Traubenfäule im letzten Jahr, ein Gottesgeschenk. Der Riesling von hier, den der Urgroßvater *Althauser Glückling* getauft hatte, war keins der großen Gewächse, aber in guten Jahren verkaufte er sich bis nach Weimar, obwohl die es dort näher zum Dresdener Traminer hatten.

Lena Zeitz hatte es gut getroffen. Sie wurde jetzt sechsundzwanzig, sie hatte ihrem Walter zwei Kinder geboren, die beide am Leben geblieben waren, und war wieder schwanger.

Waren es schon fünf Jahre? Sie blickte auf die Moselschleife hinunter, wo der Fluss heraufblendete und am anderen Ufer das Dorf Kaimt und am Hang darüber Barl in der Junisonne lagen wie aus dem Baukasten ihres Sohns Hannickel. Der fast Vierjährige trieb sich irgendwo im Weinberg herum.

Auch zu seiner Taufe waren die Simons nicht gekommen, obwohl er doch in seinem Namen Johann-Nikolaus den seines Großvaters trug. Ihre Jüngste, das zweijährige Gretchen auf ihrem Schoß, das unaufhörlich in seiner eigenen Sprache erzählte, was es im Tal sah, trug den Namen der Großmutter: Margarethe-Maria. Doch Margret hatte nichts von der Enkelin wissen wollen, wenn sie überhaupt wusste, dass das Mädchen auf der Welt war.

Lena war am Morgen nach dem Streit mit Walter aus dem Haus gelaufen, hatte die Kinder mitgenommen und war zur Bank über dem Weinberg aufgestiegen, die Walters Großvater an dieser Stelle errichtet hatte und die wieder und wieder, wenn Zeit und Wetter sie verzehrt hatten, erneuert worden war. Unten lag Zell, und Lena konnte den weißen Turm der Kirche St. Peter leuchten sehen. Dort hatten sie geheiratet, 1838. Das schlimmste der Hungerjahre, ein eisiger Sommer im Schnee, und manchmal dachte sie, dass sie deshalb geflohen war, hierher an die Mosel, wo die Vorratskammern nicht alle leer standen. Mehr als die Hälfte der Weinstöcke war erfroren. Doch sie erholten sich wieder.

Johann und Margret und Gustav und Jakob waren nicht zur Hochzeit gekommen. Der Schmied hatte es verboten. Hedwig, ihre Großmutter, wäre gekommen, doch niemand wollte sie »zu den Katholischen« fahren. Auch Lenas Gebete zur Mutter Maria hatten nicht geholfen. War sie denn damals trotz der langen Konversion mit Buße und Neutaufe noch nicht katholisch genug gewesen? Ohne den Segen von Vater und Mutter kann keine Ehe gelingen … Dennoch ging es gut. Fünf Jahre.

Und jetzt hatte sie sich zum ersten Mal mit Walter über die Konfession gestritten.

Er kam langsam und gebeugt den Hang herauf, setzte sich neben sie und blieb stumm. Sie hatte ihn kommen sehen. Beide blickten ins Tal, wussten nicht, wie sie ihr Schweigen durchbrechen sollten, und spürten, dass etwas mit ihnen geschah, dass etwas von außen in sie eindrang, eine Kälte, die sich zwischen ihnen einnistete und der sie gemeinsam begegnen mussten. Erstarrt saßen sie nebeneinander, und keiner konnte sich entschließen zu sprechen.

Da fing das Kind an zu weinen. Beide wandten sich Gretchen zu, und beim Trösten des Mädchens berührten sich ihre Hände.

»Wenn der Gustav erst auf dem Rheinschiff ist in Bacharach, ist es zu spät«, sagte Lena.

»Ich weiß. Aber sie haben dich damals davongejagt, und das werden sie jetzt wieder machen.«

Er strich ihr übers Haar, sie strich Gretchen übers Haar. Das Kind beruhigte sich. Lena schloss die Augen und spürte auf ihrem Kopf die Hand ihrer Großmutter, Hedwigs weiche alte Hand, die trösten konnte wie nichts sonst auf der Welt. Und sie hörte die Stimme der Großmutter wieder wie damals: »Dau musst dir nix denken. Der Ururgroßvater von deim Vatter war ja au noch Katholik und is erst auf dem Sterwebett evangelisch gewore.«

»Und wenn sie dich und mich und die Kinder wieder wegschicken? Ich weiß nicht, was ich dann tu«, sagte Walter leise.

»Dann hab ich den Gustav und sein Jettchen wenigstens noch mal gesehen. Es ist doch für immer.«

»Fier immer un eewisch!«, hatte ihr Vater geschrien.

Damals stand Johann hoch aufgerichtet vor ihr, schwarz war er aus der Schmiede gekommen, hielt die Hand in der Luft, die Hand, mit der er sie geschlagen, wieder ausgeholt und mitten im zweiten Schlag eingehalten hatte. »Für immer bist dau net mehr unser Kind!«

Es war kurz vor ihrem zwanzigsten Geburtstag.

Und ihre Mutter? Margret blieb stumm. Weiß im Gesicht, in der Ecke neben dem Alkoven, starr und aufrecht auf einem Hocker. Sie hatte gehört, wie ihr Hannes sich von ihrer gemeinsamen Tochter lossagte. Wagte nicht mal zu weinen. Schluckte den Schmerz. Biss ihre Angst in sich hinein. Wusste schon, dass von heute an Lenas Hände im Haushalt fehlen würden. Lena hatte nach dem Schlag des Vaters mit brennendem Gesicht zur Mutter gestarrt, als könnte sie sich mit Blicken dort Hilfe holen.

Der Schmied atmete schwer. Dann ließ er die Hand sinken und schrie: »Und den papistische Bankert, wo dau von dem kriechst, bringste bloß net hier ins Haus, den will hier keiner sehn!«

In der Tür hatte Gustav gestanden, den Melkeimer in beiden Händen, den Blick ratlos zu Boden gerichtet, und geschwiegen. Neben ihr hatte Jakob gesessen, die Arme auf den Tisch über sein Brasilienbuch gelegt, das Gesicht in den Ellbogen verborgen. Seine Schultern zuckten. Sie wusste, dass er weinte, weil er nichts tun konnte. Beide Brüder waren jünger als sie, Gustav elf Monate, Jakob vier Jahre. Lange hatten sie alles voneinander gewusst. Jetzt war ihr, als ob die Mutproben ihrer Kindheit nicht mehr zählten. Aus der Nebenstube, wo der alte Unkel am Webstuhl arbeitete, kam plötzlich kein Geräusch mehr von Schiffchen und Kamm. Lena sah sich in der Küche um und spürte etwas, das sie nicht benennen konnte. Alle schienen nur auf das Kreuz an ihrem Hals zu starren und dabei zu vergessen, wer sie war.

Die Großmutter hatte Lenas Einsamkeit in dieser Küche voller Menschen gespürt. Hedwig Simon war zweiundsiebzig Jahre alt, von ihren neun Kindern hatte sie acht begraben müssen; sie ertrug es nicht, dass der Einzige, der ihr geblieben war, seine Tochter verstieß. Sie löste sich vom Herd und schob mit einem Blick ihren wütenden protestantischen Sohn beiseite, stellte sich zu Lena an den Tisch und sagte laut und langsam den Satz, der seither bei den Simons nicht mehr vergessen wurde: »Dau musst dir nix denken. Der Urgroßvater von deim Vatter war ja au noch Katholik und is erst auf dem Sterbebett evangelisch gewore. So kommt halt jeds an sein Platz. Und dau kommst an die Mosel.«

Johann hatte nichts entgegnet und die Küche verlassen. Und Hedwig hatte ihm vier Tage später die Heiratserlaubnis für Lena abgeschwatzt, weil die Schande einer unehelichen Niederkunft, ob protestantisch oder katholisch, größer gewesen wäre.

Lena lächelte. Hedwigs Sprüche: »Alles an seim Platz«, »Was weg is, is weg«. Ihr glückliches Gesicht, wenn die Küche sauber gemacht und aufgeräumt war. Sauberkeit und Ordnung waren der Schmuck der Armut. »Jed Sach in seim Fach.«

Und sie selbst, Lena, wo gehörte sie hin? Hierher, natürlich, zu Walter und Hannickel und Gretchen. Aber doch auch zu den Simons, zu Margret und Hedwig, zu ihren Brüdern Gustav und Jakob, zur Schabbacher Schmiede, und, ja, selbst zu dem wütenden Vater, zu Johann, der es nicht aushielt, dass seine einzige Tochter sich ein kleines Kreuz aus Silber von einem Papisten hatte schenken lassen.

Sie alle kannten den Zeitz Walter, den Sohn vom Winzer aus Zell, er brachte schon immer Wein und Trester-schnaps zum Ortsvorsteher Frommholz und in die Wirtschaft vom Leyendecker Georg und nach Kirschweiler zum Pfarrer Binz und zum Schliffer Niem, der das Weintrinken seiner Frau überließ. Ab und zu lieferte er sogar nach Simmern.

Dass das Lenchen manchmal auf seinem Fuhrwagen mit aufsaß, wer hätte sich dabei was denken sollen, schließlich war meistens der Jakob dabei, und der Walter war katholisch und das Lenchen evangelisch, ausgeschlossen, dass da …

Als dann der Altwinzer in seinem Weinberg beim Rebschnitt, vom Schlag getroffen, tot zwischen die Stöcke gefallen und ein Stück den Abhang hinuntergerutscht war und die Mutter, wie sie am selben Abend beschlossen und angekündigt hatte, ihm nachstarb – nur zwei Tage später, in ihrem Bett, versehen mit den Sakramenten, sie hatte vier Töchter und zwei Söhne geboren, und nur Walter hatte überlebt, jetzt wollte sie zu ihrem Mann und den toten Kindern, und sie ließ sich nicht aufhalten –, da war aus dem Zeitz Walter über Nacht der Weinbergbesitzer geworden, der Winzer Walter, der eine Frau brauchte im leeren Haus.

So hatte er sich das mit dem kleinen Kreuz ausgedacht, hatte es in Simmern gekauft, und Lena, die schon fürchtete, dass sie mit zwanzig zu alt fürs Heiraten sei, hatte sich gern gefallen lassen, dass er das Silberkettchen vorsichtig hinter ihrem Nacken schloss, sie hatte ihn geküsst und vergessen, dass er die falsche Konfession hatte. Walter hatte eine Frau gewonnen – und seine Kunden in Schabbach verloren, denen sein *Althauser Glückling* plötzlich zu sauer war.

»Du wirst aach noch lerne, dass es kein katholische und kein evangelische Wein gibt, weil unserm Herrgott sei Reebe net wisse, was des is!«, hatte er dem Wirt wütend zugerufen, als der ihn mit der bestellten Fässerladung fortschickte.

»Ja«, sagte er,« du musst ja doch hin, ich weiß schon.«

Lena legte ihren Kopf an seine Schulter. »Du musst ja net mit ins Haus gehe.«

* * *

Gustav rannte zurück ins Dorf. Er rannte auf dem staubigen Feldweg. Er keuchte, der Atem brannte in seiner Brust.

Mit ihm rannte die Sonne durch den Himmel.

Wenn die Mutter starb, wenn sie jetzt auf dem Stuhl unter freiem Himmel starb, dann starben mit ihr seine Pläne und seine Zuversicht. Sein Weg in die Freiheit, der hell vor ihm gelegen hatte, würde plötzlich im Dunkel ihres Todes verschwinden.

Der Arzt war zu weit, Doktor Zwirner in Simmern, aber die Gent Sophie konnte helfen: Wenn die Hebamme in Schabbach war, kam sie vielleicht rechtzeitig zum Feldrand, um die Mutter ins Leben zurückzuholen. Vielleicht. Sie kannte sich aus, sie hatte Margret schon einige Male von einem Erstickungsanfall erlöst. Irgendwer musste die Mutter retten. Und wenn er den Herrgott selbst bitten musste!

Wenn sie jetzt dort, wo er sie mit Jakob zurückgelassen hatte, nicht wieder Luft holte, war alles umsonst gewesen, die Bittgänge, die Verträge mit dem Schiffsagenten, die Auswanderer-Pässe für ihn und Jette, das mühsam bei Frommholz zusammengeliehene Geld, die Hoffnung auf das bessere Leben in der Ferne: vergeblich, vorbei. Der Tod der Mutter würde alles auslöschen. Sie müssten den Aufbruch verschieben, sie würden das Rheinschiff in Bacharach nicht erreichen, die Passage von Rotterdam nach Porto Aleghre würde verfallen. Er wusste, dass er nicht den Mut haben würde, alles noch einmal zu beginnen.

Er lief an der Kirche vorbei und an der gekalkten Mauer des Friedhofs entlang, hinter der in den Simon-Gräbern sein Töchterchen lag, seit über einem Jahr, sein Bärbelchen in einem weißen kleinen Sarg. Er blieb stehen und lehnte sich an die Mauer. Sie war kühl. Er schöpfte Atem. Auf einmal war Ruhe in ihm. Er wusste, dass er zu spät kommen würde, zu spät, um die Gent Sophie zu holen, zu spät, um die Mutter zu retten. Wer mit dem Tod um die Wette rannte, konnte nur verlieren.

Er brauchte anderen Beistand. Er sah zum Himmel auf. Eine leere Bläue, keine Wolken. Seit seine Tochter gestorben war, hatte Gustav aufgehört, an den gütigen Gott zu glauben, von dem Pastor Binz aus Kirschweiler predigte. Der Gott, der Kinder sterben ließ, hatte sich abgewandt von den Armen, er hielt es mit denen, die satt wurden, die sich den Arzt leisten konnten und Medizin, die nicht von der Arbeit erschöpft und krank vom Hunger waren.

Trotz alledem: Er sah sich plötzlich an Bärbelchens Grab gehen und um das Leben seiner Mutter bitten.

Er folgte seiner Einbildung, öffnete das Friedhofstor und lief zu den Simon-Gräbern. Konnte sein Kind Christus bitten zu helfen? Der Arzt würde zu spät kommen. Christus vielleicht nicht. Das Blut pochte in seinen Schläfen, er murmelte, ohne die Hände zu falten: »Bärbelche, hilf deiner Oma, hilf uns, hilf mir, mein klaa Engelche.«

Dann lief er zurück auf den Weg, und schon von weitem, als die ersten Häuser vor ihm auftauchten, schrie er ins Dorf: »Die Mutter stirbt, der Doktor muss kommen, die Hebamm! Der Jakob is bei ihr, sie kriet kä Luft!«

Jette arbeitete oben auf dem Planwagen und sah ihn als Erste. Unten stand ihre Mutter Lotte, die zum Helfen gekommen war. Das meiste war schon gepackt. Die Rollen Rindsleder fehlten noch, die Florinde aus der Gerberei bringen wollte. Und die Landwirtschaftsgeräte, die ohne Holzstiele in der Schmiede bereit lagen.

Zuerst hatte Lotte Niem dafür gesorgt, dass die Kleider und die handgewebte Leinenwäsche ihrer Tochter Henriette, Geschirr, Besteck und zwei Töpfe, ihre ganze Aussteuer, in Kisten aufgeladen wurden. Jette Simon war eine schöne, starke Erscheinung, und wer sie so oben auf dem Pferdewagen stehen sah, in ihrem blauen Kattunkleid, das blonde Haar mit einem Kopftuch gebunden, wer ihren leuchtenden Blick, ihr Lächeln bei der Arbeit sah, konnte glauben, dass sie allen Widrigkeiten gewachsen war, die mit der Auswanderung und in der Fremde auf sie zukamen.

Jettchen stand mit beiden Beinen im Leben, darum hatte Gustav sie sich genommen, bevor sie sich für Jakob entscheiden konnte. Er hatte sie nicht umworben, er hatte seine Kraft angewendet, und sie hatte seine Gewalt für Liebe gehalten. Sehr langsam begriff er, dass sein Jettchen ganz anders war, als sie nach außen tat. Sie hatte etwas Dunkles in sich, und er konnte daran nichts ändern.

Als sie vier Jahre alt gewesen war, in einem sonnendurchstrahlten Herbst, war ihre Zwillingsschwester ertrunken. Das Hannchen war in den Goldbach gefallen, der die Schliffermühle antrieb.

Die Niem-Mühle, flussabwärts hinter Kirschweiler am Wald gelegen, sicherte der Schlifferfamilie ein gutes Auskommen. Fürchtegott Niem war einer der besten Achatschleifer der Gegend und verkaufte nicht nur nach Trier und Koblenz, auch nach Mainz und Frankfurt gingen seine farbigen Scheiben, und von den Frankfurter Händlern vielleicht in die Welt.

An dem Septembertag, an dem sich das Unglück ereignete, hatte man das Lager für das Mühlrad erneuern müssen. Die Pfannenhalterung für die Achse wurde mit einer neuen Schweineschwarte ausgekleidet. Dafür war es nötig gewesen, die Schleuse zu schließen und den Zaun am Bach niederzulegen, um das Rad auszuheben. In einer Arbeitspause war das Hannchen beim Fangenspiel mit Jettchen übers grasige Ufer in den Bach hinab unters Rad gerutscht und im Wasser am Grund der Radgrube eingeklemmt worden. Als man das Kind heraufholte, war es tot.

Seit damals hatte Fürchtegott Niem fast nicht mehr gesprochen, er machte seine Arbeit gut wie immer, schliff bunte Achatscheiben, in deren Bildern man sich ganze Länder und Welten erträumen konnte, aber er schien sich mehr und mehr nach innen zu wenden und sich dort, wohin ihm keiner folgen konnte, zu verirren.

Seine Frau Lotte, die fünf Jahre jünger war als er, wählte einen anderen Weg aus der Trauer, schien aus sich herauszutreten, sie suchte Gesellschaft, Vergnügungen, trank Wein außer Haus, weil ihr Mann die Flaschen zählte, und ließ, wenn sie angetrunken war, lauthals ihre schlichte Maxime hören: »Besser lewe wie sterwe.«

Neben ihrem Mann aber verstummte sie wie er, und ohne dass sie es aussprach, konnte er hören, dass sie ihm die Schuld an dem Unfall zuschob.

Ihr Kind Henriette, das ohne die Zwillingsschwester Johannette den Eltern näher war als zuvor, versuchte sie aufzuheitern, um das Leben im Schlifferhaus erträglich zu machen. Es wurde, wie man in Kirschweiler sagte, ein »Sonnenkind«, fröhlich und scheinbar unbesorgt – und bald eine Schönheit. Jette sah, was mit ihren Eltern geschah, versuchte, die Mutter zur Vernunft zu bringen, den Vater zum Sprechen. Es gelang ihr nicht. Doch sie ließ sich nicht entmutigen und wandte vor allem dem Vater umso beharrlicher ihre Fürsorge zu, je mehr er sich in sein teilnahmsloses Schweigen verkroch.

Im Kostüm ihrer Heiterkeit verbarg Jettchen den frühen Verlust ihrer Zwillingsschwester, und mit den Jahren wuchs sie in die Gestalt der stets freundlichen, lebenstüchtigen jungen Frau, die jeder für glücklich hielt.

Nur Jakob nicht. Ihm hatte sie erzählt, woran sie sich erinnerte: an Hannchens himmelblaues Kleid, wie es plötzlich übers Bachufer verschwand. Und wie sie lachen musste, weil das lustig aussah. Dann erst war mit der Stille die Angst gekommen. Sie hatte nach Hannchen gerufen und zu spät nach den Eltern und den Männern, die in der Sonne vor dem Haus bei der Mittagsmahlzeit saßen. Sie fühlte sich schuldig und schämte sich, ihr Lachen von damals war bis heute ihr Schmerz.

»So ist das mit dem Hannchen gewesen«, hatte sie gesagt.

Sie hatte sich Jakob zugewandt und gesehen, dass ihm Tränen in den Augen standen. Sie hatte ihn umarmt.

Jetzt hörte Jette Gustavs Hilferufe und dachte sofort, dass sie aufhören müsste, Hausrat und Proviant zu verstauen. Zwei von den vier Kisten, die sie mitnehmen durften, waren schon auf dem Wagen. Noch fehlten die Ballen mit Decken und Betten. Das Leder. Die Ackergeräte. Doch wenn Margret starb, war keine Aussicht auf ein Fortkommen mehr. Dann würde sie hierbleiben müssen mit Gustav, nicht nur bis zum Begräbnis, nicht nur für ein paar Monate. Sie wusste, dass er keine Kraft mehr hatte, alles noch einmal neu zu planen, er würde die Schmiede übernehmen, sie würden in diesem Haus bleiben und hier alt werden, ein mageres Leben, schwer von Trauer um ihr erstes Kind, das nur ein Jahr lang Trost gewesen war.

Johann stand, von Gustavs Schreien aus der Schmiede gerufen, vor dem Haus, den Dengelhammer noch in der Hand, mit dem er die Sense für die Auswanderer bearbeitete. Über seinem schwarzen Kamisol und der einstmals braunen Hose trug er vom Hals bis zu den Knien sein altes Schurzfell, mit Lederriemen vor den Leib gebunden. Der große Mann stand mit aufgerissenen Augen und offenem Mund da und wollte nicht begreifen, was er hörte.

Jette sah ihn an und spürte, wie das erträumte Leben ihren Leib verließ, als würde es vom Wind weggetragen. Sie würden kein Schiff mehr betreten. Keine Überfahrt, kein neuer Anfang im Paradies: Sie konnten Johann nicht mit seiner alten Mutter allein zurücklassen. Der Schmied war ja im Haushalt einer mit zehn linken Daumen, und wenn Hedwig nicht mehr helfen konnte, würde der glatt verhungern, der konnte nicht mal Eier in die Pfanne schlagen, geschweige denn ein Loch in seiner Jacke flicken.

Sie stieg vom Wagen. Ihre Mutter reichte ihr die Hand und hielt sie fest. Lotte Niem hatte im selben Augenblick begriffen, dass ihr einziges Kind vielleicht doch nicht auswandern, sondern bei ihr bleiben würde. Im Stillen hoffte sie auf Margrets Tod, er würde ihr die Tochter erhalten. Jette machte sich los, um aus dem Nebenhaus die Hebamme zu holen.

* * *

Der Krampf in den Bronchien löste sich, und Margret spürte, wie sich ihre Brust hob. Durch ihre pfeifende Kehle sog sie die Luft ein. Ihr wurde bewusst, dass sie lebte. Sie öffnete die Augen. Allmählich wuchs aus dem Grau wieder ein weißer Tag und aus ihm, wie hinter Nebel aufsteigend, das blühende Leinfeld unter dem Himmel.

Sie sah Jakob, er stand mit dem Rücken zu ihr, blickte über das hellblaue Feld zum Horizont. Sie hörte, dass er betete.

Als sie ihn leise rief, erschrak er. Er stürzte zu ihr her, kniete sich, verbarg sein Gesicht in ihrem Schoß, wie er es als Kind getan hatte, sprang wieder auf, hob die Arme zum Himmel und lachte. Sein Gebet war erhört worden. Lange hatte sie ihn nicht so übermütig tanzen und lachen gesehen.

Als ob er wieder der Junge unter den Schneeflocken wäre …

Damals hatte er getanzt und gejubelt, damals, als am ersten August Schnee auf den Hunsrück fiel. Pastor Binz hatte in der Kirche davon gepredigt, dass an einem ersten August der Engel Luzifer in die Hölle gestoßen worden sei.

An jenem entsetzlichen Dienstag im Jahr 1837 hatte sie mit Johann und Jakob am Rand ihres kleinen Ackers gestanden und fassungslos gesehen, wie die weißen Flocken aus dem Himmel fielen. Jakob dachte nicht daran, dass die Ernte erfror mitten im Sommer. Für ihn war es ein Spiel des Himmels.

Es wurde das fünfte der Hungerjahre, in denen entweder die Kälte oder die Sperlingsplagen ausreichende Ernten verhindert hatten. Gustav leistete die letzten Monate seines Diensts im preußischen Heer als Hufschmied für die Etappe. Und noch wussten sie nicht, dass Lena an die katholische Mosel heiraten würde.

Begonnen hatte das Unglück mit Schnee im August – wie schon einmal über zwanzig Jahre zuvor, im Jahr der verlorenen Sonne. Die Leute nannten das Jahr 1816 später »das Jahr ohne Sommer«.

Der Lehrer Bodtländer hatte damals im Intelligenzblatt etwas von einem Vulkanausbruch irgendwo gelesen, weit fort, *Indonesien*. Aber was wussten sie schon … *Indonesien*, das hätte auch ein Stern sein können. Ja, ein Name war ihnen allen im Gedächtnis geblieben: *Tambora* hieß der Feuerberg. Wenn sie die glasig gefrorenen Kartoffeln einen Tag und eine Nacht mit Salz wässerten, bevor sie sie kochten, dachten sie an *Tambora*. Wenn der Hunger sie schwindlig werden ließ, dachten sie an *Tambora*. An seine Asche. Und an den kalten undurchdringlichen Himmel.

Damals fielen die Ernten aus, die Äcker schienen nicht aufwachen zu wollen, die Sonnenuntergänge waren aus Höllenglut. Von 1816 an wurden die Saatgut-Vorräte von Jahr zu Jahr geringer. Sogar die Sperlinge blieben fort, die sonst eine wahre Feldplage waren. Kein Bauer im Hunsrück wusste, dass eine Eiszeit begonnen hatte und mehr als zwanzig Jahre dauern sollte. Manchmal fiel ein Jahr etwas milder aus, und man konnte die Vorräte aufstocken, doch reichlich waren die Erträge nie.

Und dann, 1837, kam wieder ein Sommer, der ein Winter war. Die längste und bitterste Kälte seit Jahren, Schnee vom Anfang bis zum Ende des August, vereiste Felder.

Das war jetzt sechs Jahre her … Und es hatte an dem Dienstag begonnen, an dem der Teufel in der Verdammnis ankam. Sie spürte noch ihre Angst, dass sie alle verhungern müssten.

Johann und sie hatten einander festgehalten am Rand ihres kleinen Feldes, sie zitterten vor Kälte, selbst Johann, den sonst nichts rührte, hatte mit den Tränen gekämpft. Doch Jakob, mit seinen vierzehn Jahren noch nicht der Kindheit entwachsen, tanzte durch die taumelnden Schneeflocken, schnappte mit dem Mund nach ihnen, streckte die Zunge heraus und wusste noch nicht, dass mit diesem Sommer 1837, als die Äcker weiß wurden, erneut der Kampf aller ums Überleben begann.

Johann hatte auf das Feld laufen und den Jungen hindern wollen, über das Unglück zu lachen. Er glaubte, Jakob versündige sich. Margret hatte ihn zurückgehalten.

»Lass en sich freue am Schnee, Hannes. Er weent ja noch früh genuch.«

Sechs magere Jahre waren seither vergangen. Und wieder tanzte Jakob durchs Leinfeld, er war schon fast zwanzig und ein verrückter Träumer, das Feld war blau, der Juni warm, und Margarethe hatte endlich wieder Luft und Atem.

Dann kamen sie.

Erstaunlich war, dass die Gent Sophie trotz ihrer Fülle allen voran war. Die Hebamme hatte vor dem Tod nicht die Angst, die den anderen die Schritte schwer machte. Zu oft waren ihr Leben und Sterben fast gleichzeitig begegnet. Sie hatte gelernt, alles hinzunehmen, wie es kam. Der einzige Trost, den sie bereithielt, war denn auch schon die ganze Einsicht ihrer siebenunddreißig Jahre: »Es Lewe geht sein Gang, und wann de dich auf de Kopp stelle tust.«

So ging auch der Tod seinen Gang, aber wenn er noch nicht ganz angekommen war, konnte Sophie Gent etwas gegen ihn tun. Sie hatte ihr Brustöl aus Leinsamen dabei, das sie selbst auf Thymian und Rosmarin, Salbei, Minze, Lavendel, Nelken, Zimt und Fenchel zog und etwas Campherpulver darin löste. Es hatte sich bei Jung und Alt bewährt.

»Mir hawe deich ja noch«, sagte sie, beugte sich über Margret, und rieb ihr das Heilöl über Hals und Brust.

Gustav und Jettchen blieben ein paar Schritte entfernt stehen. Jakob sah vom Feldrand aus zu ihnen hin. Seine Angst um die Mutter war gewichen, doch er wusste, dass sie jederzeit wieder einen solchen Anfall bekommen konnte. Einer dieser Anfälle würde der letzte sein.

Er roch den scharfen Duft des Öls und hatte plötzlich das Gefühl, dass Jettchen ihm näher war als Gustav, von dem sie nur einen Schritt entfernt stand, während zwischen ihm selbst und ihr mehr als die Wegbreite lag. Dennoch fühlte er sich ihr so nahe, dass er glaubte, ihren Atem spüren zu können. Und Jette, die Frau seines Bruders, wandte den Kopf und sah mit einem veränderten Blick zu ihm her. Er wusste nicht, wie es geschah, doch er fühlte, dass zwischen ihr und ihm in diesem Augenblick eine eigene Welt entstand, in der etwas auf sie beide wartete. Was es war, hätte er nicht sagen können. Nicht einmal, ob er glücklich war oder sich fürchtete.

Als Sophie Gent Margrets Bluse wieder verschlossen und ihr das Tuch um Schultern und Brust gelegt hatte, machte die kleine Gruppe sich auf, zurück ins Dorf.

Die Söhne trugen die Mutter auf dem Stuhl, Jette und die Hebamme liefen hinter ihnen. Keiner sprach etwas. Gustav hatte über sein Gebet an Bärbelchens Grab nachgedacht, doch jetzt war er mit seinen Gedanken wieder in Brasilien. Jakob glaubte, Jettes Blick im Nacken zu spüren.

Im Simon-Haus hatte unterdessen die Furcht vor der schlechten Nachricht, auf die man gefasst war, zu einer merkwürdigen Geschäftigkeit geführt, so, als wollte man Alltag spielen, um den lähmenden Schrecken nach Gustavs Hilferufen zu vertreiben. Vor dem Haus hatten sich Frauen versammelt, die darauf warteten, dass ihre Brote im Gemeindebackofen, im Backes am Ende der Straße, fertig wurden.

In der Stube hatte sich der Unkel an den Webstuhl gesetzt, Hedwig saß am Spinnrad und spann den Flachs auf dem Rocken zu Garn, Johann war in der Schmiede verschwunden und arbeitete an den Werkzeugen. Doch seine Hammerschläge hatten nicht das übliche Gleichmaß. Auch der Unkel ließ am Webstuhl seine gewohnte Stetigkeit vermissen. Manchmal hielt der dickliche Mann inne, als müsse er nachdenken, bevor er den Kamm anschlug und das Schiffchen neu durch die Fäden schickte.

Er war der im Haus, der am wenigsten beachtet wurde. Eigentlich hieß er Eckbert Emmerich, war ein entfernter Vetter von Margret Simon und hatte irgendwie, keiner wusste mehr, wann, seinen Weg ins Haus, in die Familie gefunden, wo er seither wie ein lebender, weicher Gegenstand geblieben war.

Niemand nannte ihn bei seinem Namen, er war eben der Unkel. Mit seinen dreiundfünfzig Jahren hätte er durchaus noch einen Beruf ausüben können, aber keinem hatte er verraten, was er gelernt hatte, ob überhaupt etwas, ja er selbst schien nicht zu wissen, was er gewesen war, bevor er Schmieds Unkel wurde. Dabei konnte er lesen und hatte geschickte Hände, machte sich nützlich, konnte Leinen weben, Holzrechen und Heugabeln schnitzen, löchrige Eimer mit Pech und Werg dichten, Knochenleim kochen und Schuhe besohlen. Er konnte Besen binden, Körbe flechten und half bei der Ernte. Nicht auffallend fleißig, war er doch stets da, wenn man ihn brauchte; und eigentlich konnte sich niemand vorstellen, dass es eine Zeit gegeben hatte, in der man ohne ihn ausgekommen war.

In die Schmiede hatte Johann ihn nie gelassen, was den Unkel nicht kränkte. Vieles war ihm egal, nur vom Wetter redete er gern, von Napoleon, der bis 1815 den Hunsrück besetzt gehalten hatte, und vom Weltuntergang. Er beschied sich damit, im Haus der Simons wohnen und bei den Mahlzeiten mit am Tisch sitzen zu dürfen. Wenn die anderen über die Not und die Katastrophen klagten und Jakob dann von Brasilien erzählte, als sei er schon dort gewesen und hätte sich mit den Indianern unterhalten; wenn schließlich der Vater das schwärmerische Gerede verbot – dann erhob der Unkel manchmal in der Stille am Tisch seine dunkle Stimme: »Am Weltunnergang is egal, wo dau bist.«

* * *

Hedwig sah vom Spinnrocken auf und zur offenen Tür.

»Ei komm, Margotche«, sagte sie. Das Mädchen mit den schwarzen Locken näherte sich zögernd, es zog den linken Fuß in kleinen Halbkreisen nach. Er war mit zusammengenähten Lederlappen umhüllt. Die Elfjährige war mit einer Verkrüppelung geboren worden, die man allgemein Klumpfuß nannte. Schuhe ließen sich dafür kaum anfertigen, zumal ihre Mutter, die Hebamme Sophie Gent, nicht das Geld gehabt hätte, beim Schuster Willy Nauert etwas Derartiges zu bestellen, aus dem das Mädchen überdies schon ein halbes Jahr darauf herausgewachsen wäre. Nauert, der auch Ausrufer, der Schellematz, in Schabbach war, hatte sich den Fuß angesehen und die Lösung mit der aus Werkstattabfällen genähten Lederhülle vorgeschlagen. Die kostete fast nichts, hatte aber den Nachteil, dass Margotche den Fuß nicht gut lenken konnte und darum manchmal an Stühle oder den Tisch anstieß.

Einmal hatte sie versehentlich ein Körbchen mit vier Eiern zu Boden geschubst; die Kostbarkeiten zerbrachen, Margret, die am Küchentrog Kartoffeln schälte, und der Unkel schrien in ihrer Wut gemeinsam auf das Kind ein, bis es sich weinend unter den Tisch flüchtete.

Margret versuchte, die glibberige Eiermasse zu retten und mit dem Löffel in eine Schüssel zu schöpfen, während Hedwig, im Lehnstuhl am Fenster, Nähzeug in Händen, das Mädchen unterm Tisch hervorzulocken versuchte: »Komm, Kind, mir haben doch unser Geheischnis.«

Endlich traute sich Margot und humpelte zu Hedwig hinüber, die ihre Näharbeit aufs Fensterbrett legte, das Kind auf den Schoß nahm und im Singsang eines Schlaflieds ihr Trostverse ins Ohr summte:

»Jed Sach hat sei Plätzche,
jed Mädche sei Schätzche,
jed Häsche sei Gräsche
jed Pferdche sein Trab –
un jeder Mensch hat sei Grab.«

Margot beruhigte sich, und sogar auf den Unkel und auf Margret schien Hedwigs Liedchen eine sänftigende Wirkung zu haben. Da hob das Mädchen den Kopf und sagte: »Eich hab gar kein Schatz.«

»Dau bist noch e Kind«, sagte Hedwig. Margret warf im verfliegenden Zorn noch eine Bosheit ein: »Dau kriechst och käner, mit dem Klumpefuß!«

Wieder fing Margotche an zu schluchzen, und Hedwig ergriff laut Partei. »Dafor kann se nix!«

Immer wenn es um die kleine Tochter der Hebamme ging, verlief der Streit auf ähnliche Weise, und meistens musste der Unkel, wie auch diesmal, das letzte Wort haben: »Wenn der Vater von dem Margotche mal net der Leibhaftige is! Pferdefuß und Klumpefuß sein aus demselwe Stall!«

An jenem Nachmittag, an dem die vier Eier zur Bruch gegangen waren, hatte Margot zum ersten Mal widersprochen und laut gerufen: »Mein Vater is tot. Im Kriech!«

»Was forn Kriech dann?«, gab der Unkel zurück. Und das Mädchen, in seiner Not, plapperte nach, was die Hebamme Sophie Gent ihrer unehelichen Tochter auf die Frage nach dem Vater geantwortet hatte: »Die Franzose hawe 'n totgemacht.«

Der Unkel wusste es besser. »Die Franzose sein schon lang fort. Do worsch dau noch in Abrams Säckelche. Mer hawe jetzt die Preuße hier.«

Aber Margot gab nicht auf und schrie unter Tränen: »Er is aach schon lang tot!«

Am Abend jenes Tages, wieder geborgen bei ihrer Mutter im Haus neben den Simons, war Margot zum ersten Mal stolz auf sich. Seit heute hatte sie tatsächlich einen Vater, sie hatte ihn sich bei den Simons selbst erschrien, gegen den Unkel und die Margret, und ihr Vater war ein Soldat, der vor langer Zeit im Krieg gegen die Franzosen den Heldentod gestorben war.

Sie humpelte zu Hedwig ans Spinnrad und sah zu, wie die Alte aus den Flachsfasern zwischen ihren flach gearbeiteten Fingern einen Faden rinnen ließ.

Draußen kam Unruhe auf, Stimmen, Schritte auf den Bodendielen im Korridor, und nun drängten sie in die

Stube, die alles zugleich war, Küche und Esszimmer, Arbeitsraum, und die, in einem Alkoven nicht weit vom Herd, eine Liegestatt für Margret enthielt, mit getürmten Plumeaus, von einem graublauen Vorhang verborgen.

Der wurde aufgezogen, und die Frauen, die hinter der Gent Sophie hereingedrängt waren, betteten die Kranke mit ebenso großer Vorsicht wie Neugier auf ihr Lager, wo sie stumm und mit geschlossenen Augen darauf wartete, dass man sie allein ließ.

Aber nun war man schon in der Stube, man hatte still gebetet für Schmieds Margret, man wollte sich ausruhen von der Angst und ein bisschen meien[2].

Die Hebamme legte Margret eine geschliffene Scheibe Flammenachat aus Freisen und einen Dendriten-Achat aus Birkenfeld auf die Brust, die gegen Fieber und Entzündungen helfen und für Entgiftung sorgen sollten.

Auch Willy Nauert war aus seiner Werkstatt herübergekommen: Als Schellematz musste er über die neuesten Ereignisse Bescheid wissen. Und schließlich war Gertrud Frommholz eingetroffen, die Frau des Ortsvorstehers und einzigen wohlhabenden Bauern von Schabbach. Sie war seine zweite Frau; die erste war vor zehn Jahren verschwunden, wie vom Erdboden verschluckt, man munkelte, sie sei mit einer durchziehenden Gauklertruppe auf und davon, als ihre beiden Söhne beim preußischen Heer dienten.

Wann immer es in Schabbach oder Kirschweiler in einem Haus um Tod oder Hochzeit oder Kindstaufe ging, kam Gertrud Frommholz in ihrem sauberen schwarzen

---

2 Miteinander plaudern, schwätzen

Kleid und weißer Bluse, als wäre jeden Tag Sonntag, und kümmerte sich wie eine fromme Gräfin um ihre Untertanen. Wer aus Not seinen Acker an Frommholz verkaufen musste, neigte dazu, Gertruds Fürsorge als schiere Neugier auszulegen, ob nicht infolge von Familienunglücken eine Chance für hochprozentigen Geldverleih oder die Erweiterung des Frommholzschen Grundbesitzes bestünde.

Sie hatte Lotte Niem von Margrets Bettkante gedrängt, als Johann die Stube betrat. Der Schmied, dem man die Schwere seiner Knochen bei jedem Schritt ansah, lief mit hängenden Händen zum Alkoven und blieb stumm stehen. Gertrud Frommholz stand auf und trat beiseite. Johann setzte sich und sah seine Frau an.

»Eich schnauf«, sagte sie, »musst dich net sorge.«

Er nickte. Dann nickte er noch einmal. Sie versuchte den Kopf zu heben, und Johann bewegte, als würde sein Arm nicht von ihm, sondern von einem anderen gelenkt, seine schmutzige Hand langsam zu ihrem Gesicht und strich ihr über die Stirn, mit der unbeholfenen Zärtlichkeit, die sie seit jener ersten Begegnungsnacht auf der Kirmes in Kirschweiler an ihm liebte. Sie ließ den Kopf ins Kissen zurücksinken. Wieder nickte er.

»Eich schnauf ja«, wiederholte sie.

Lächeln konnte er nicht. Aber er neigte sich ihr zu und sagte leise: »Eich mach, dass heut noch alles wieder gut is. Mir bleiwe zusammen, der Gustav un dau un eich.«

Sie sah ihn fragend an.

»Un de Jakob?«

»Der au. Und dann kriegst dau en richtischen Doktor, net so ein wie den Zwirner von Simmern, en richtische Professor von Trier, weeschte! Dann wierscht dau och wieder ganz gesund.«

Bevor sie »aber« sagen konnte – und Margret Simon hatte einen ganzen Sack voller *Aber*, den sie öffnete, wann immer einer ihr bessere Zeiten ankündigte –, war Johann aufgestanden und hatte, ohne sich in der mit Menschen vollgestopften Stube umzusehen, auf derselben Spur, auf der er gekommen war, seinen Weg zurück in die Schmiede angetreten.

Hedwig wusste, was alle, die irgendwie an der wundersamen Rettung von Schmieds Margret Anteil genommen hatten, jetzt erwarteten, und so gab sie dem Unkel die Anweisung, den Tresterschnaps aus der Vorratskammer zu holen und die kleinen Gläser einzuschenken, die sie auf dem Esstisch bereitstellte.

Dann trat sie ans Bett ihrer Schwiegertochter. Margret spürte, dass der Schlaf kam. Doch sie vernahm noch Hedwigs Stimme und den kaum verhohlenen Tadel.

»Dass dau eim awer au immer so en Schrecke mache musst! Wo es mir doch so weh tut, wenn's dir schlechtgeht!«

Margret hörte Fetzen einer Musik, die von schräg gegenüber hereinflogen, aus dem *Roten Hirsch*, wo der Gastwirt Leyendecker mit ein paar Männern vom Schabbacher Gesangsverein für den Abschied morgen früh das Lied *Nun ade, du mein lieb Heimatland, lieb Heimatland, ade!* probte.

Die Stimmen verklangen in ihrem Traum.

Sie stand am Rand eines Feldes mit tiefgrünen Büschen einer Art, die ihr unbekannt war. Das Sonnenlicht glänzte auf dem Blattwerk und ließ die breitkrempigen Strohhüte der Arbeiter leuchten, die tief ins Feld gebückt bei der Ernte waren. Margret sah nur die gelben Hüte über den

Büschen. Sie wusste, dass Gustav dort arbeitete. Sie rief seinen Namen. Die Arbeiter richteten sich gleichzeitig auf und sahen sie an: Es waren schwarze, glänzende Gesichter mit aufgerissenen weißen Augen und offenen roten Mündern. Sie schrie im Traum.

In der Stube hört sie keiner. Gustav, Jakob und Jette waren hinaus zum Packwagen gegangen. Die anderen hatten sich niedergelassen und sich in Unterhaltungen über Zeit und Leute verstrickt. Man war sich einig, dass Schmieds Margret so einen Anfall morgen nicht überlebt hätte, denn der morgige Montag war ein Schwendtag, an dem alles schlecht ausging, was man unternahm. »Dann tät et Margret jetzt tot am Flachsfeld sitze«, sagte Nauert, »und ich als Schellematz hätt et überall ausrufe müsse, dass es gestorwe is.«

Der Tresterschnaps ließ die Stimmen lauter werden. Man trank auf die Kraft der Achate und auf die Hebamme und ihre Heilkunst. Die gelobte Hebamme trank auf sich mit und erzählte, in Gehlweiler sei ein Kalb mit fünf Beinen geboren worden.

»Des is a ganz schlimm Zeische, eich han bloß vagesse fier wos!«

Alle lachten. Nauert wollte im Simmerner Intelligenzblatt gelesen haben, dass in Schlesien die Weber auf die Barrikaden gegangen seien. Er wusste aber nicht, warum. Lotte Niem nahm noch ein drittes Gläschen.

* * *

Nach dem strengen und langen Winter hatte der Wald sich Zeit gelassen und war spät aus der Starre erwacht. Noch in der ersten Juniwoche hatte es Frosttage gegeben.

Zwischen den jungen Blättern von Buchen und Eichen, Ahorn und Eschen fiel flirrendes Licht auf das vorjährige, trockene Herbstlaub vor den Füßen der jungen Frau, die in der Schneise zwischen Kirschweiler und Schabbach einen Leiterwagen hinter sich herzog. Aus dem Wagen ragte eine Rolle unzerteilter, gegerbter Rinderhäute.

Die Lichtflecken tanzten über die fast schwarzen Locken und das braunrote Kleid der Frau, sie schienen vor ihr über den Waldboden zu springen, das Lichterspiel begleitete das Rascheln ihrer Schritte im Laub.

Sie blieb stehen und sah hinauf in die Bäume. Schnell wechselnde kleine Blitze blendeten sie. Der frische Duft des Waldes, die Stimmen der Vögel, alles an diesem Tag schien übermütig, jung und frei zu sein, und die Tochter des Gerbers Morsch aus Kirschweiler, die den seltenen Namen Florinde trug und von allen Florinchen genannt wurde, hätte die Freude spüren müssen, die in dem Aufbruch des Lebens lag.

Doch die Zwanzigjährige lief auf einen Abschied zu, der ihr wie ein Ende vorkam, das Ende ihrer Jugend, das Ende der Zeit mit ihrer Freundin Jette, die sie liebte wie eine Schwester – und auch das Ende ihrer uneingestandenen Liebe zu deren Mann Gustav.

Morgen würden beide zu einer Reise aufbrechen, die sie unvorstellbar weit fort von Schabbach führte. Ja, Briefe würde Jettchen schreiben, ganz bestimmt. Doch Briefe waren, sosehr sie ersehnt wurden, Zeichen der Ferne, und sie vergrößerten den Schmerz, statt ihn zu lindern.

Ihre beiden Brüder Paul und Ernst waren vor Jahren schon ausgewandert, erst nach Rio de Janeiro, dann in den Süden, sie hatten es gut getroffen, ihre Briefe aus St. Cruz im Rio del Sul waren voller Begeisterung und Zuversicht, auch voller Sehnsucht nach denen, die zu Hause geblieben waren.

»Wir sagen Euch noch ein Mal Ateu liebste Muter, liebster Vatter ich wiensche daß Euch so gut geht als es uns bis hierher gegangen hat. Ich glaube das mier auf diese Welt nie mer einanter sehen. Aber ier mießt zu mier komen. Wan ier was zu schreiben habt so schreibt mir gleich. Wir krüsen euch viel thausendmal und unser Schwester Florinschen.«

Wenn sie einen der Briefe vorgelesen hatte, saßen Mutter und Vater im Gerberhaus stumm am Tisch und starrten vor sich hin. Florinchen saß ihnen gegenüber, mit gesenktem Kopf. Nie sprachen sie ihre Trauer aus, ihre Angst, was wohl in dem halben Jahr, das die Briefe brauchten, geschehen war. Manchmal war die Tochter aus dieser Schweigelast weggelaufen, in den Lohwald aus jungen Buchen und Eichen, der sich ans Gerberhaus anschloss, und hatte für ihre Eltern geweint.

Sie senkte die Karrendeichsel zu Boden. Die Zeit, in der sie in Gustav verliebt gewesen war, lag fast drei Jahre zurück, und als er Jettchen heiratete, hatte sie sich selbst dazu überredet, dem Paar das ganz große Glück und nichts als das Glück und alles Glück der Erde zu wünschen. Die eigene Tapferkeit war ihr so zu Kopf gestiegen, dass sie sich schon am Tag der Hochzeit vollständig geheilt glaubte und mit allen anderen in die Hände klatschte, als die Burschen um das Brautpaar herumtanzten und mit ihren Gewehren in den Himmel schossen.

Die Brautmutter Lotte Niem betrachtete mit seligem Blick das junge Paar und wurde mit jedem Glas Wein zuversichtlicher, dass diese Ehe, die sie mitbewirkt hatte, das Beste war, das ihrem Jettchen widerfahren konnte. Margret und Johann Simon verschwiegen, welche Zukunft sie für die Brautleute sahen: Arbeit und Not.

Doch die Jungen, die da tanzten, wussten es schon besser. Sie ahnten, dass ihre Zeit kam, und mit ihrer Zeit die Gewissheit, dass sie Anspruch auf ein anderes Leben hatten, ein Leben, das nicht aus Schinderei und Unterwürfigkeit bestand, ein Leben, in dem Platz war für Stolz und Freude.

Florinchen hatte sich von dem Gefühl, dieser ganz unbegründeten Zukunftshoffnung, hinreißen lassen. Sie glaubte wirklich, dass sie von ihrer Liebe zu Gustav freigekommen war.

Ihr Rückfall wenige Monate später, als Jette ihr anvertraute, dass sie ein Kind erwartete, war schrecklich. Sie brach vor der Freundin in Tränen aus.

Florindes Wesen war so, dass sie nicht ein wenig traurig oder ein bisschen froh sein konnte. Sie flog mit allen Sinnen ins Glück oder stürzte in eine Hölle aus Qualen, sie hatte nicht die Wahl: Die Gefühle spielten mit ihr wie der Wind mit dem trockenen Laub. Manchmal gelang es ihr nicht, Einbildung und Wirklichkeit auseinanderzuhalten. Dann lebte sie in einem Traum, und wenn er zerstob, traf sie die Wahrheit ihres Lebens unvorbereitet und mit schmerzhafter Gewalt.

Zwischen den Stämmen leuchtete hellgrün die Lichtung. Das Dach des Buchenwaldes hatte sich noch nicht gegen die Sonne geschlossen, und noch waren die Schlehenbüsche nicht dicht genug, um die Sicht zu verbergen.

Mit wenigen Schritten hatte sie den sanft abfallenden Hang erreicht, wo der Boden mit jungem Gras und Moospolstern bedeckt war. Sie lächelte. Hier war es, und vier Jahre war es her: Da hatte sie sich mit Jette zum Sonnenaufgang getroffen, heimlich waren sie aus der Schliffermühle und aus der Gerberei zu dieser Lichtung gelaufen, um sich im Morgentau zu wälzen. Das half unfehlbar gegen die Krätze, vor allem aber bekam ein Mädchen, das sich im Tau bei Sonnenaufgang wälzte, einen schönen, starken, guten Mann.

Sie hatten sich ausgezogen, sich fröstelnd quer zum Hang ins nasse Gras gelegt. Jettchen hatte sich zuerst langsam vorangewälzt, dann war Florinchen gefolgt, hatte das kalte, vollgesogene Moos an ihrer nackten Haut gespürt. Bald empfanden sie die Kälte nicht mehr, ihre Haut schien gefeit dagegen und bereit für den Graszauber.

Nach ein paar Drehungen rollten sie von selbst weiter den Hang hinunter. In der Senke, wo am Rand der Lichtung das Gras in Farne und Vogelbeersträucher überging, blieben sie still liegen, und erst als Jettchen aufstand, wagte auch Florinchen, sich zu setzen und die Freundin anzusehen. »Meinst dau, et hat schon gereicht?«

Jette lief den Hang hinauf und rief: »Mindsens drei Mal!« Nach dem zweiten Hinabrollen gaben sie den heiligen Ernst auf, mit dem sie das Ritual begonnen hatten, und ihr Mädchengelächter ließ für einen Augenblick die Vögel verstummen. Jettchen strich über ihre nasse Haut und sagte: »Eich kann's schon spüre.«

Der Zauber hatte geholfen: Von der Krätze blieben sie verschont, und Jette hatte Gustav bekommen, der gut und stark war.

An ihn hatte Florinchen gedacht, als sie das weiche Moos unter sich spürte. Sie war nach der dritten Wälzung neben der Freundin liegen geblieben und hatte zugesehen, wie die Sonne über die Kronen des Waldes stieg.

Jettchen verschwieg, dass sie sich vorgestellt hatte, wie Jakob sie sah, während sie nackt ihren Wünschen entgegenrollte.

Am Rand der Lichtung träumte Florinchen sich zurück. Sie lehnte sich an einen Buchenstamm, schloss die Augen und spiegelte sich in den Bildern ihrer Sehnsucht. Sie konnte die vergangenen Ereignisse nach ihren Wünschen umgestalten, ihre Träume erfüllen, fand sich nun selbst als Braut in Gustavs Armen und hörte, wie die Burschen um sie herum ihre Gewehre in die Luft abschossen. Jette trat vor sie hin und wünschte ihr Glück, alles Glück der Erde. Sie umarmte die Freundin. Doch über Jettchens Gesicht liefen plötzlich Tränen …

Florinchen öffnete die Augen und sah die leere Waldlichtung vor sich. Sie hob die Hände zum Gesicht und spürte, dass sie geweint hatte.

Sie kniete sich hin, hob ein Stück Moos ab und lockerte die Erde darunter. Sie nahm ihr Brusttuch von den Schultern, breitete es auf den Waldboden und häufelte drei Hände voll Erde darauf. Dann raffte sie das blaue Tuch zusammen und verknotete es zu einem kleinen Beutel.

Als sie zum Leiterwagen auf dem Weg zurückkam, stand der Junge da. Er hatte die Säge in ihren Wagen gelegt. Zerlumpt und mit grauem Gesicht und struppigem blondem Haar stand er vor ihr, einen Kopf kleiner als sie, ohne Furcht; aber sie sah ihm die Schwäche an: In seinen Augen war der fiebrige Hungerglanz, der ihr vertraut war.

Die Äste, die er neben dem Leiterwagen am Rand des Pfades aufgehäuft hatte, waren frisch geschnitten, und sie sah, dass es zu viele waren.

Er konnte sie nicht weiter tragen als bis hierher auf den Weg. Er sagte nichts, starrte sie an. Sie kannte diese Kindergesichter, die nach vielen Schlägen irgendwann ihr verschlagenes Aussehen behielten.

»Wenn eich dei Holz auf meim Bollerwagen fahr, dau weißt schon, dann kimme mir beide für Forschtfrevel vor den Amtmann.«

Er blieb stumm.

»Ihr honnt kei Holz mehr zum koche?«

Er nickte.

»Han dei Mutter was im Topf zum Koche?«

Er hob die Schultern.

Florinchen seufzte. Sie hob die Rolle Rindsleder von dem Wagen, warf sie auf den Waldboden und wickelte sie aus. Der Junge lud das gestohlene Holz in den Wagen, gemeinsam deckten sie die Häute darüber und zogen los.

»Wie heißt dann dau?«, fragte Florinchen.

»Eich sein de Zwetsch Peere.« Sie war froh darüber, dass er sie nicht nach ihrem Namen fragte.

Der Junge packte am Deichselgriff mit an. Peter war dreizehn Jahre alt und ein Sohn des Korbmachers, Bürsten- und Besenbinders Adam Zwetsch, der auf halbem Weg zwischen Kirschweiler und Schabbach in einem dürftigen Holzhaus, das mehr einer Scheune glich, mit seiner Frau und vier Kindern zu überleben versuchte. Vom Haus hatte er es nicht weit zu einem halb verlandeten Röhricht mit Weiden, wo er die Reiser und Gerten schnitt. Ein sumpfiges Gelände mit dichtem Binsenbestand lag in der Nähe. Im Herbst und im Winter arbeiteten alle in der Familie an den Waren mit, die Adam Zwetsch vom Frühjahr an in seiner Keetz auf dem Rücken über Land trug.

Als sie ankamen, trat er vors Haus, einen Knotenstock in der Hand. Er sah, dass Florinchen seinem Peter beim Waldfrevel geholfen hatte, und lehnte den Stock an die Wand neben die Tür, wo gespaltene Haselnussgerten zum Binden der Besen bereitlagen. Adam Zwetsch lud das gestohlene Holz ab und half, das Rindsleder wieder einzurollen. Niemand sonst kam aus dem Haus.

Sie wollte gehen, der Korbmacher griff nach ihrer Hand. Er zog sie zur Tür, verschwand kurz und tauchte mit einem geflochtenen kleinen Binsenkorb wieder auf. »Mädche könne immer Körbscher brauche. Dau bist des Florinche. Vom Gerber Morsch. In Kirschweiler. Eich kenn din Votter. Ihr seid gute Menschen.«

Er drängte ihr das Körbchen auf, sie bedankte sich und zog den Wagen zurück zu dem Weg, der nach Schabbach führte.

* * *

Niemand hatte Johann gesehen, als er aufgebrochen war, um das Glück zu finden.

Hinter der Schmiede war er zwischen den letzten Häusern des Dorfs hinaus auf den Feldweg gelaufen, der zu den drei Scheunen von Frommholz führte, plötzlich jedoch abgebogen und hatte mit schnellen Schritten, als sei er auf der Flucht, die Wiese vor dem ersten Hügel überquert, der hinter Schabbach aufstieg. Bald darauf war sein Schatten im dichten Bestand junger Buchen, die am Rand des Idarwaldes im Mittagslicht standen, verschwunden.

Man hätte ihn für einen Wilderer halten können. Dabei hatte er selbst in den schlimmsten Hungerzeiten an seinem lutherischen Katechismus festgehalten und wäre vermutlich eher gestorben, als das siebte Gebot zu brechen und sich am Besitz anderer zu vergehen.

Der Wald hier mit allem, was darin war, gehörte nun einmal zur Bürgermeisterei Kirschweiler, die wiederum zum Kreis Simmern, der zum Regierungsbezirk Koblenz, welcher seinerseits zur Rheinprovinz gehörte, die dem Königreich Preußen unterstand. Jeder Hase und jedes Wildschwein, jeder Maulwurf und jede Fledermaus im Schabbacher Wald, im Kirschweiler Grund und auf der Wacholderweide zwischen beiden Dörfern, jedes Käuzchen in der Burg Baldenau und jeder Frosch am Oberlauf der Dhron, die einst den Burggraben gespeist hatte, gehörten Friedrich Wilhelm IV., der seit vier Jahren auf dem Thron in Berlin saß und eine katholische Frau aus Bayern hatte.

Diese Merkwürdigkeit und das Durcheinander von Reformen, die der Schellematz jeweils verkündete, hatten ihn bei Johann unbeliebt gemacht, obwohl der Schmied sich um die politischen Unruhen jener Jahre nicht kümmerte.

Er wusste: Das Eisen überstand jede Dynastie und diente immer der nächsten.

Ihm ging es darum, mit einem glücklichen Fund im Bergfried der Burg Baldenau die Simons für alle Zeit aus der Not zu befreien, die seinen ältesten Sohn zum Auswandern zwang und die Familie zerriss.

So verstand er diesen Abschiedstag: Alles, wofür er sein Leben lang gearbeitet hatte, war in Gefahr. Viele waren schon fortgegangen, und nur von wenigen hatte man gute Nachrichten erhalten. Dass Gustav und Jettchen nach dem Tod ihres Bärbelchen hofften, in der Ferne, die hinter dem Horizont lag und so weit war, dass nicht einmal der Lehrer Bodtländer genau wusste, wo, ein neues und weniger bedrücktes Leben zu finden – das wollte dem Johannes Simon nicht einleuchten.

Er rannte den Hügel hinauf, um noch an diesem Abend das Glück zu finden. Er keuchte, blieb stehen, musste sich ins Gras hocken. Nach ein paar Minuten stand er auf, schlug, als müsse er sich selbst antreiben, mit der rechten Faust in seine linke offene Hand und lief weiter.

Er gelangte in das sumpfige Hochtal, das sich fünfhundert Meter oberhalb der Ebene erstreckte. Der einstige Wassergraben der Burg Baldenau war längst ausgetrocknet. In ein paar schwammigen Löchern der Senke wuchsen Brunnenkresse und Rohrkolben, Lippenmäulchen und Schild-Ehrenpreis.

Heute würde er den Schatz des Schinderhannes finden, das war so sicher wie das Amen in der Kirche. Hinter den dreieinhalb Meter breiten Mauern des Bergfrieds lag das Gold. Wer, wenn nicht er, hatte eine Nase für Metall.

Die Beute hatten die Räuber von den Reichen genommen, bei den Armen war nichts zu holen. Hier hinderte der Katechismus nicht, hatte doch ein anderer das Gold geraubt, das nun zu denen kam, die es wirklich brauchten. Johann gab im Geist schon etliches ab, manche würden davon Vorteil haben, andere nicht. Ein Stück Acker würde er hinzukaufen und endlich mit Pferden statt mit der Kuh vor dem Pflug aufs Feld ziehen. Darüber, wie er den plötzlichen Reichtum der armen Leute von Schabbach erklären sollte, dachte er nicht nach.

Die Burg Baldenau war trotz ihrer drei Meter dicken Mauern im Jahr 1689 im Pfälzischen Erbfolgekrieg durch französische Truppen unter Ludwig XIV. eingenommen und zerstört worden. Die Mauerreste und der Turm beherbergten, wie allgemein bekannt war, neben dem Schinderhannes-Schatz auch mehrere Gespenster, darunter einen riesigen schwarzen Hund mit Feueraugen, dessen Aufgabe es war, den Schatz der Banditen und Mordgesellen hüten zu müssen. Wer den Hund angesehen hatte, war verflucht.

Johann war für Aberglauben nicht anfällig. Nicht weil er ein so überaus vernünftiger Kopf gewesen wäre – dass er das nicht war, zeigte sein unbeirrbarer Glaube an das Schinderhannes-Gold –, sondern weil sein Leben, das Arbeit und nichts als Arbeit war, ihm einen untrüglichen Sinn für den Vorrang der Materie anerzogen hatte.

Seit er Eisen schmiedete, seit seinem vierzehnten Lebensjahr, wusste er, dass er jede Form aus Feuer und Hammerschlag entstehen lassen konnte; dass sie, ausgehärtet, Eisen blieb und nichts als Eisen. In Johanns Schmiede war kein Platz für übersinnliche Erfahrungen, für Spuk und Geistergeraune, »Wannergeschichten«, all das, was er »Frauezeuch« nannte.

An der Ringmauer der Ruine bückte er sich und hob aus dem Gräserdickicht seine schwere Brechstange. Nach jedem seiner Schatzsuchergänge verbarg er sie dort. Das Stabeisen war fast drei Meter lang und an der Spitze mehrfach gehärtet. Damit hatte er während der letzten Jahre und in den wenigen Stunden, die er wegbleiben konnte, ohne Verdacht zu erregen, so viele Steine aus dem Fuß des Turms herausgebrochen, dass ein niedriger, begehbarer Stollen von mehr als zwei Metern Tiefe in der Grundmauer des Bergfrieds entstanden war.

Er packte die Stange mit beiden Händen, betrat gebückt den Gang, presste seinen Rücken an die Wand, beugte sich nach vorn und schwang vor seinen Knien den schweren Eisenspieß nach rechts zum Licht des Eingangs, ließ ihn nach links zurück gegen die Sandsteinquader im Dunkeln pendeln, holte nach rechts aus und stieß ihn wieder mit Wucht gegen das Ende des Ganges. Heute musste der Durchbruch gelingen.

Niemanden hatte er eingeweiht. Nur Gustav wusste von der Schatzsuche.

Er war ihm vor zwei Jahren an einem Abend heimlich gefolgt und hatte beobachtet, wie der Vater in dem Loch am Fuß des Turms verschwunden war. Dann hatte er die Schläge von Eisen auf Stein gehört und war stehen geblieben.

Die Sonne ging unter und ließ den Bergfried aufglühen. Gustav war zwei Jahre zuvor von seinem Zwangsdienst im preußischen Heer zurückgekehrt. Er hatte seinen Vater immer für den vernünftigsten aller Menschen gehalten und begriff nicht, was ihn zu der heimlichen Zerstörung der Burgruine antrieb. Während er noch unschlüssig abwartete, was geschehen würde, kam Johann aus dem Loch im Turm und warf einen große Sandsteinquader auf die Wiese. Er drehte sich um und entdeckte seinen Sohn.

Gustav erschrak. Der schwarze Mann mit dem schweißüberströmten Gesicht war im Glutlicht der Sonne ein entsetzlicher Anblick, sein langer Schatten fiel wie eine schwarze Schleppe in das Loch im Turm, und es sah aus, als ob er von dort als feuriger Geist herausgefahren war.

Johann tauchte in den Stollen und kam mit der langen Brechstange wieder hervor. Er hielt sie in der rechten Hand wie einen Speer.

»Komm her!«

Gustav rührte sich nicht. Wieder rief ihn sein Vater, lauter, in dem herrischen Ton, den der Sohn kannte. Als er endlich folgte, streckte der Schmied ihm das Eisen entgegen.

»Da. Wenn dau schon da bist. Mach weiter. Die Mauer is mit dem ganze Schutt inne mehr wie drei Meter dick. Und wehe, dau sagst der Mutter was oder dem Jakob oder der Hedwig. Unser Geheischnis, Gustav!«

Erst am Tag darauf, in der Schmiede, hatte Johann seinem Sohn gestanden, dass er hinter dem Schatz des Schinderhannes her war.

Gustav hatte mit Mühe sein Lachen unterdrückt. Als sie beim nächsten Mal zusammen zum Turm gingen, war der Sohn an der Westseite hinaufgeklettert. Der Bergfried war mehr als zehn Meter dick und über zwanzig Meter hoch. Am Mauerwerk hatte sich ein dichtes Geflecht von Knöterich und Efeu gebildet. Die verdrillten Äste eines Blauregens waren bis zur Mauerkrone gewachsen, hielten den Turm umklammert und machten es Gustav leicht, an ihnen hinaufzusteigen.

Oben hatte er Johann zugerufen, dass da in der Mitte gar nichts mehr war, Dach, Stockwerke und Treppen eingestürzt, vermodert, unten nichts als ein paar Meter Schutt und Dreck, nur eine junge Birke wuchs im hohlen Turm.

Der Schmied hatte sich nicht abbringen lassen. Auf Gustavs Einwand, alles, was er im Inneren finden würde, wären vielleicht Ratten und ein paar Knochen, hatte er mit einem seiner üblichen Sprüche geantwortet:

»Eich will's wisse.«

Seither arbeitete er weiter an seinem Glück, manchmal kam er wochenlang nicht dazu, manchmal zwei Abende hintereinander. Gustav verriet nichts, log ab und zu für ihn, doch er half ihm nicht mehr und fragte nicht, ob die Schatzsuche Fortschritte machte. Er wusste, dass die Simons ihre Träume nicht aufgaben.

Als Gustav in diesen Jahren seinen eigenen Traum verwirklicht und in der Schmiede eine Dampfmaschine gebaut und zum Laufen gebracht hatte, entdeckte er, dass sein Vater mit ihrer Hilfe auf listige Weise vortäuschte, anwesend zu sein, während er in der Burg Baldenau auf der Suche nach dem Schatz des Schinderhannes war: Über einen ledernen Treibriemen und eine Exzenterscheibe ließ die Maschine den leichten Schlaghammer auf einen Amboss fallen, hob ihn, ließ ihn fallen.

Draußen klang das, als ob Johann in der Schmiede arbeitete. Margret hörte es, als sie mit der Schlemme im Eimer zum Schweinefüttern in den Stall ging. Der Unkel hörte es, als er die Treppe und ein Stück Straße kehrte. Hedwig hörte es, als sie die Bodendielen der Stube mit Lauge schrubbte. Kinder, die aus der Schule neben der Leyendecker-Wirtschaft kamen, hörten es, und der Lehrer Bodtländer, der hinter ihnen herging und sich darauf besann, in welcher Familie er heute zu Abend essen sollte, hörte es auch: der fleißige Schmiedhannes.

Gustav hatte einen Augenblick lang daran gedacht, die Maschine zu drosseln und auszuschalten. Dann ließ er sie weiterlaufen. Auch wenn der Vater einem Märchen auf den Leim gegangen war – bloßstellen würde er ihn nicht.

Wenn es um andere ging, hatte der Schmied strengere Grundsätze. Wie wütend war er im September 1837 gewesen, als er Jakob bei einer ähnlich geschickten Mogelei erwischt hatte …

Der Unkel hatte die Geschichte immer wieder erzählt.

»Unser Indianer, der Jakob, un sei Vatter, der Johann, die san zwei Seite von deselbe Medallje! De Appel fällt immer da, wo de Baam steht.«

Damals, als nach dem Frostsommer ausgerechnet auf den Frommholz-Feldern der Weizen im brutwarmen September noch gereift war, hatten sich Johann, Jakob und der Unkel für einen Tag lang zum Einbringen verdingt.

Ihre eigene Ernte war verloren, die Lohnarbeit für den Großbauern wurde, großzügig bemessen, in Korn ausgezahlt. Wenigstens gab es einen Esser weniger bei den Simons: Gustav wurde noch bei den Soldaten durchgefüttert.

Jakob hatte am anderen Ende des Feldes Korn geschnitten, und man konnte sehen, wie er dort stand mit dem Hut, den ihm der Vorknecht gegen die Sonne geliehen hatte, und mit regelmäßigem Schwung die Sense unter die Halme fahren ließ.

Irgendwann war Johann aufgefallen, dass Jakob anscheinend nicht vorankam. Er hatte dem Unkel gewunken, und sie waren beide hinübergelaufen zum Jüngsten.

Der Siebzehnjährige lag gemütlich im Feld, hatte sich eine Garbe unter den Kopf gelegt und war in ein Buch mit Bildern von brasilianischen Ureinwohnern vertieft.

Mit dem linken Fuß bewegte er in gleichbleibendem Rhythmus eine Holzstange, deren unteres Ende er mittels einer Schlaufe mit seinem großen Zeh verbunden hatte. Das obere war mit einer an der Vogelscheuche befestigten

Sense verschnürt, und dieser Hebelmechanismus erzeugte für den fernen Blick den Eindruck von unaufhörlicher Feldarbeit, wurde von den Näherkommenden jedoch sofort als Betrug erkannt.

Johann war derart erbost, dass er seiner Wut freien Lauf ließ und auf den liegenden Jakob mit der Heugabel einschlug, bis der Unkel dem Vater in den Arm fiel. »Dau schlächst ja den Jakob noch dot.«

Und Johann hatte den fürchterlichen Satz gebrüllt: »Besser dot wie so en Haderlump.«

Der Haderlump hatte sich zur Seite gerollt, war aufgesprungen und, das Buch unterm Arm, barfuß davon gerannt. Er lief über die Feldwege zum Wald, hörte nicht auf zu laufen und wollte nie wieder zurück. In der Nacht schlief er in einer Schäferhütte. Am Morgen regnete es. Er kam zum Unterlauf der Dhron, erhielt von Fischern etwas Brot, stieß am Nachmittag auf die Mosel und folgte ihr flussabwärts. Zwei Zimmermannsburschen auf der Walz, die am Ufer ihre Nachtlager aufgeschlagen hatten, ließen ihn am Feuer schlafen. Am Abend des nächsten Tages kam er im Moselweingut Zeitz an und berichtete seiner Schwester. Seine Füße bluteten.

Lena nahm ihn auf. Johann, der Schmied, hatte sein zweites Kind verstoßen. Und es dauerte fast ein halbes Jahr, bis Gustav kam und Jakob bat, nach Schabbach zurückzukehren. Der Vater wollte das auch. Von Lena hatte er nichts gesagt.

Ein Stein brach aus dem Mauerwerk, ein zweiter polterte nach, der Staub zwang Johann, nach draußen zu gehen. Er warf die Brechstange ins Gras und setzte sich. Er war müde.

Unter dem Burghügel lag Schabbach, die Schieferdächer glimmten im Licht. Er dachte zum ersten Mal über sein Leben nach, zum ersten Mal hatte er das Gefühl, dass eine längere Strecke hinter ihm lag als die, die er vor sich sah. Sein Kopf sank auf die Knie. Er hatte nie nachgegeben. Auch wenn manchmal kein vernünftiger Grund mehr für Hoffnung war: Er hatte einfach weitergekämpft. Von sieben Kindern vier dem Tod lassen müssen. Aber immer auf seine Kräfte vertraut. Vielleicht auf Gott. Er hatte geschmiedet und geackert, geackert und geschmiedet. Seine Kräfte ließen nach. Er spürte es, wollte es sich noch nicht zugeben. Was war mit Gott?

Auf einmal hob er den Kopf, spuckte in beide Hände, wie er es in der Schmiede tat, bevor er etwas Schweres anpackte – und faltete sie zum Gebet. Er bemühte sich, deutlich zu sprechen.

»Lieber Herrgott, eich bitt deich zum erste Mal um was. Hilf meiner Margret. Un mir. Un uns alle. Eich brauche deich nau wirklich. Amen.«

* * *

Margret schnarchte, und in der Stube dämpften alle ihre Stimme.

Lotte Niem hatte die Ellbogen breit auf den Tisch gelegt und erzählte vom Tod des Schliffers Hierholzer in Billenz, über den kürzlich in der Lesegesellschaft geredet worden war, weil das *Intelligenzblatt* aus Simmern über das entsetzliche Ende dieser Familie berichtet hatte. »Der is jo schon lang im Dalles gewe«, sagte sie.

Hierholzer, ein wohlhabender Edelsteinschleifer, hatte reichlich Carneole von der Ostindischen Compagnie und südamerikanische Achate eingeführt, als die Drusenfunde im Hunsrück zurückgingen, weil die Erde ausgebeutet war.

In den letzten Jahren aber hatten sich immer mehr landlose Bauernsöhne, denen nach der fortschreitenden Felderteilung keine andere Wahl blieb, als sich ein Handwerk anzueignen, als Schliffer in der Region niedergelassen, viele als Klickerschleifer. Seit der Franzosenherrschaft konnte jeder ein Gewerbe gründen.

Einige wanderten nach Böhmen aus, wo sie willkommen waren, weil Böhmens König die Ausfuhr von Achaten verboten hatte und dringend Schliffer für die einheimischen Vorkommen suchte. Die meisten derer, die im Hunsrück blieben, verkauften ihre Ware billiger als Hierholzer. Er blieb bei seinem Stolz und seinen Preisen und verachtete die anderen Schliffer, die vom Leben der Steine nichts wussten. Er nannte sie Pfuscher, weil sie Achatscheiben mit Honig, Zucker und Schwefelsäure bunt färbten. Es half ihm nicht. Seine Geschäfte liefen immer schlechter, was er nach außen verbarg. Keiner sollte bemerken, dass im Haus Hierholzer das Geld ausging, dann das Holz, dann das Essen. Die Familie lief immer noch in besten Kleidern herum. Würdig bis zum Ende. Nun waren sie ausgelöscht.

Hedwig hatte Lotte den vierten kleinen Schnaps zugeschoben.

»Sie hawe all am Tisch gesesse im Sonntagsstaat un ware all verhungert. Der Schliffer, sei Frau un die vier Kinner. Am leere Tisch. Mit gefaltete Händ! Unnerm Bete gestorwe. Und die Frau und der Schliffer ham Hüte aufgehabt …«

Plötzlich war der Tod, den man durch Margrets Rettung vertrieben hatte, wieder unter ihnen. Hedwig hielt den Atem an. Gertrud Frommholz fror mit einem Mal und rieb sich die Oberarme.

Als von draußen eine Frauenstimme hereinrief, dass das Brot im Backes fertig wurde und jetzt die Auswanderer ihre Laibe für die Überfahrt in Leinen einnähen konnten, war es wie eine Erlösung.

Margret erwachte vom Klirren der Schnapsgläser, die Hedwig in den Trog legte. Ihr Traum verblasste: Lena war darin gewesen, mit einem großen braunen Hund, der neben ihr lief. Dann schepperte ein Eimer, Hedwig holte Wasser vom Brunnen. Jetzt würde sie beginnen, die Kartoffeln vorzubereiten.

Margret öffnete die Augen nicht. Sie hörte auf die Geräusche. Sie hoffte, dass ihre Tochter noch kommen werde, um Abschied zu nehmen. Hedwig hatte, ohne Johann etwas zu sagen, mit dem Postreiter eine Nachricht ins Weingut Zeitz geschickt. Lena hatte nicht geantwortet. Von draußen drangen die Kommandos herein, die das Packen und Aufladen begleiteten. Der Freudenklang einer Begrüßung. Florinchens helle Stimme.

Sie machte die Augen auf und sah Jakob in der Tür stehen. Er blickte zum Alkoven hinüber.

»Bist dau wach? Es Florinche hat es Leder gebracht!«

Margret winkte ihn heran. Er setzte sich auf die Bettkante und nahm ihre Hand.

Sie sahen einander an und sprachen nicht. Margret forschte in Jakobs Augen, und er fühlte, dass sie wie immer herausfinden würde, was er im Innersten zu verbergen suchte.

»Hast Angst?«, fragte sie schließlich. »Wies werd, wenn der Gustav fort is. – Und et Jettche. Et Jettche …«

Jakob versuchte zu lächeln, wie er es als Junge schon getan hatte, wenn er zeigen wollte, dass kein Schmerz ihm etwas ausmachte. Margret fiel nicht darauf herein.

»Et Jettche, dau hast es ja mal so gern gehabt, eich weiß. Un der Gustav hat es genomme. Aber es hat immer noch den Schmerz vom Tod von dem ihr klai Schwesterche. Des wird sie ihr Lewe lang nemmehr los. Dau brauchst mal e fröhlich Mädche, Jakob, dau denkst jo selber zu viel an der Welt rum. Un es Jettche, eich hab sie ja gern, aber en halwer Zwilling is noch kee gaanzer Mensch.«

Von draußen klang das Lachen von Florinchen und Jettchen wie eine Widerlegung.

Die beiden jungen Frauen hatten sich nebeneinander auf die Ladekante des Planwagens gesetzt. Sie lachten über Gustav, dem die Lederrolle beim Versuch, sie auf den Wagen zu wuchten, auseinandergefallen war. Eine der großen Häute hatte ihn gleichsam überfallen, so dass er für einen Augenblick unter ihr verschwand und wie ein Ledergespenst aussah, bevor er sie wütend abwarf. Florinchen griff nach Jettes Arm, lehnte sich an ihre Schulter und sagte: »Wir hawe doch so viel Spaß gehatt zesamme.«

Jette wurde von diesem Satz so gepackt, dass ihr Tränen in die Augen stiegen: Erst jetzt schien ihr bewusst zu werden, dass unwiderruflich alles zu Ende ging, was bisher zu ihren schönen Erinnerungen gehört hatte. Die Jahre ihrer Kindheit und Jugend, in denen sie an Nachmittagen mit Lena und Florinchen, Jakob und Gustav durch den Wald zwischen Schabbach und Kirschweiler gestromert war, immer mit einem Auftrag der Eltern, mal Bucheckern, die sie Eckerich nannten, für die Ölpressung zu sammeln, wenn die Rotbuchen ihr Früchtejahr hatten;

mal Tannenzapfen zum Heizen; mal Eicheln fürs Schweinefutter oder in schlimmen Jahren als Mehlersatz für das Brot. Himbeeren, Heidelbeeren und Brombeeren im Sommer, Haselnüsse und Pilze im Herbst. Der Forstaufseher erwischte sie nie. Die fünf kannten sich in der Gegend zwischen Kirschweiler und Schabbach so gut aus, dass sie selbst bei Nacht ihren Weg fanden. Jakob hätte auch später noch seine Tage am liebsten nur in den Wäldern verbracht, wo er sich zwischen die Riesenbäume Brasiliens träumen konnte.

Einmal hatte er auf der Wacholderheide neben Jettchen in der Nachmittagssonne gelegen und ihr von den Indianern im Rio del Sul erzählt, die er *Guarani Mbya* nannte oder *Nandeva*, *Ava-Guarani* und *Tupi-Guarani*. Es gab dort auch *Cayaua*, Waldmenschen. »*Caa* heißt nämlich Wald und *Awa* heißt Mann. Awer die kriegst dau net zum Sehen, die sein scheu!«

Jettchen hatte die Augen geschlossen und gesagt: »Et is aber au bei uns do schön.«

Jakob verriet ihr, dass er beschlossen hatte auszuwandern, sofort nach dem Militärdienst, niemand würde ihn zurückhalten, er lernte schon Indianerwörter: »Ihr Gegend, wo sie wohnen, das heißt Tekoha. Sie hawe och sowas wie e Keerich[3] für dene ihre Götter, verstehst dau? Des heißt Opy Guaßu! Der Bodtländer hat drei große Bücher mit Bilder un Name, eins hat er vom Pfarrer Binz, des vom Humboldt, und eich darf se all lese!«

Er wäre gern von Jettchen bewundert worden. Doch seine Vertrautheit mit der fremden Ferne machte ihr

---

3 Kirche

Angst, sie stützte sich auf den Ellbogen, sah ihn an, lehnte sich zu ihm hinüber und schlang ihre Arme um seinen Hals. »Geh doch net fort, Jakob, bleib doch da.«

»Dau kannst mitkomme«, sagte er. »Eich tät dich mitnehme.«

So hatten sie sich gewissermaßen einander versprochen.

Als sie älter waren und Gustav in der Schmiede, Lena im Haus und im Stall halfen, ging Jakob mit Florinchen im Frühling in die Wälder, um mit Lohhämmern und Lohlöffeln junge Rinde von Eichen und Fichten zu schälen, für die Gerberei von Florinchens Vater. Er spänte die neue und nutzte die alte, ausgelaugte Lohe, presste und trocknete sie zu Rindenkuchen, die er Lohkäse nannte. Damit befeuerten die Morschs den Ofen.

In der Gerberei herrschte ein durchdringender, aasiger Gestank, der alles verpestete, das Haus, die Kleidung, die Haare, er schien sogar auf der Haut zu haften.

Er stieg auf aus den Abfällen vom Entfleischen der Häute, aus der Verkochung der minderwertigen Teile zu Leim, aus den Gerberbrühen in den Bottichen. Florinchen litt darunter, dass die Kinder in der Schabbacher Schule sich nicht neben sie setzen wollten und sie hänselten, ihr oft hinterherliefen auf den drei Kilometern nach Kirschweiler und im Wald das *Florinchenlied* johlten:

»Winke, winke,
stinke, stinke,
die Gerberleut tun Jauche trinke!
Florinche aus de Gerberstubb,
die badt sich in de Jauchegrubb.«

Ihren Eltern erzählte Florinchen nichts. Doch Jette wusste davon. Und Jettchen sagte es Jakob. So endete die Qual.

Jakob und Gustav lauerten den Grölern auf. Es war ein heller Wintertag, die Zwölfjährigen hatten von morgens an Schule, um am Nachmittag zu Hause helfen zu können.

Während der Sommermonate wurde die Schule auf den Nachmittag verlegt, um die Feld- und Hausarbeit der Kinder, die um vier Uhr morgens begann, nicht zu stören. Im Winter galt, dass in der Schule Morgenstund Gold im Mund habe, und die Kinder mussten meistens erst von ein Uhr bis zum Einbruch der Dunkelheit den Eltern zur Hand gehen.

Als nun an jenem blendenden Mittag im Schnee einige Schulkinder Florinchen nachrannten und wieder das Schmählied brüllten, sprangen Gustav und Jakob hinter Bäumen hervor und verprügelten die Spötter derart gründlich, dass ein nachhaltiger Eindruck zurückblieb: Florinchen war fortan verschont von dem Schimpflied.

Vielleicht hatte aber Jette Niem mehr dazu beigetragen als die beiden Helden.

Nach der Prügelei im Winterwald beschloss sie, ihre Freundin mit feinem französischem Duft bekannt zu machen. Sie nahm Florinchen mit zu sich nach Hause, schlich sich mit ihr in die Badestube hinter der Küche des Schlifferhauses und heizte den Zuber an. Sie wusste, wo ihre Mutter die Lavendelseife aufbewahrte, die sie aus Simmern bezog.

Während der napoleonischen Besetzung des Hunsrück war ein Offizier bei den Niems einquartiert worden, dem die Hausfrau Lotte den Aufenthalt in der Fremde so häuslich gestaltete, dass er sich mit Parfum und Seifen aus den Beständen der Heeresleitung erkenntlich zeigte. Als er 1815 abziehen musste, war Lotte Niem dem Franzosenduft jener Jahre treu geblieben.

Zögernd hatte sich Florinchen auf Jettchens Plan eingelassen, ihre Kleider ausgezogen und sich in den Badebottich mit warmem Wasser gesetzt. Jettchen seifte die Freundin mit einem Schwamm gründlich ein. Auch Florinchens schwarze Locken wurden mit weißem Lavendelschaum vom fauligen Gestank der Gerberei befreit.

Jettchen arbeitete so emsig an der Duftverbesserung ihrer Freundin, dass sie ins Schwitzen geriet und beschloss, zu Florinchen in den Bottich zu steigen. So fand Lotte die lachenden Mädchen, lobte nach anfänglichem Ärger über die allzu ausgiebige Seifenanwendung beide für ihre Reinlichkeit und kleidete Florinchen schließlich sogar mit Jettes Wintergarderobe ein.

So, Hand in Hand, in ihren Mäntelchen, Wollmützen auf dem Kopf, traten sie zu Niem in die Werkstatt ein.

Fürchtegott Niem lag bäuchlings auf dem Schlifferbrett, den Kopf in die Kinnschale gestützt, und hielt eine Schnittscheibe vor sich an die rotierende Schleife. Der hagere Mann mit dem hellen Steinstaub im Haar, sechsundvierzig Jahre alt, war inzwischen fast ohne Stimme. Die Achatpuderwolken, die er im Laufe seines Arbeitslebens eingeatmet hatte, waren in seinem Kehlkopf, in seinen Bronchien und Lungen zu einem zähen Belag geworden, den er nicht mehr aushusten konnte. Die Stimme fehlte ihm nicht, seit dem Tod seines Töchterchens Hannchen redete er ohnehin so gut wie nicht mehr. Gegen die Schmerzen trank er Schnaps, wie die meisten Schliffer hier. Schon lange hatte ihn eine seltsame Gleichgültigkeit gegen sich selbst erfasst, die ihn trotz der Atemnot täglich zu seiner Schleifbank führte und die Arme heben ließ, um zwischen seinen Händen in Drusenschnitten Zauberbilder aus den Schichtachaten, Bandachaten oder Flammenachaten hervorzuschleifen.

Er hatte sich mit den Interessen seiner Frau abgefunden, die nicht ihm galten. Lotte war mit den Jahren füllig geworden, er magerte ab und zog sich in seinen Arbeitsalltag zurück, der aus den jaulenden und pfeifenden, kreischenden und sirrenden Gesängen bestand, die Stein mit Stein anstimmte. Während der Arbeit waren seine Gedanken immer wieder beim Tod seines Kindes unter dem Mühlrad. Er konnte nicht vergessen, dass dieses mörderische Wasserrad ihm sein Kind genommen hatte und nun tagein, tagaus über Holzwellen und lederne Treibriemen seine Schleife rotieren ließ. Aber durch dieses Rad fühlte er sich mit Hannchen verbunden und glaubte manchmal, er könne sie hören.

Während der dunklen Erinnerungen führte er einen stummen Kampf mit dem Tod. Er stritt mit ihm, während seine Hände die Drusen an die kreisende Schleifscheibe hielten, vernahm sogar deutlich die Stimme des Todes, der sich weigerte, die Entscheidung zurückzunehmen. Es kam vor, dass er bei solchen Streitgesprächen vergaß, den Schliff zu nässen, das Steinmehl stäubte ihn ein und nahm ihm die Luft.

Plötzlich standen die beiden Mädchen im leuchtenden Eingang der Werkstatt. Hinter ihnen blendete der Schnee in der Sonne.

Niem hatte die Arme sinken lassen. Häufiger als früher ließ die Kraft seiner Hände nach. Wenn er den Kopf seitlich drehte, konnte er den Ausschnitt der Tür sehen, aus dem Licht in die Schlifferstube fiel.

Dort standen die Kinder als schwarze Silhouetten. Jettchen. Und neben ihr – Johannettchen? Er wusste, sie konnte es nicht sein.

Aber sie stand dort, hielt die Hand ihrer Zwillingsschwester und lächelte ihm Mut zu. Hatte der Tod sie endlich freigegeben, nach all den Jahren?

Nein, sagte in ihm der Tod.

Niem glaubte ihm nicht.

Er ließ sich vom Schlifferbrett hinuntergleiten und stand auf. Jettchen plauderte den Namen aus: Florinchen.

Das dumme Jettchen. Ihre Schwester hieß doch Johannette, das war so, das war die Wahrheit, das konnte Jettchen nicht ändern. Er lachte. Und streckte seiner wiedergekehrten, zwölf Jahre alten Tochter die Flammenachatscheibe entgegen, an der er gearbeitet hatte.

Florinchen starrte den Mann an. Seine Augen sahen aus, als ob er glücklich wäre. Jedes Kind wusste aber, dass es hier weit und breit keine glücklichen Erwachsenen gab.

»Nimm!«, sagte er. »Eich hab's fer deich gemacht.«

Sie griff nach der Scheibe, hob sie gegen das Licht und sah mitten in den feurig leuchtenden Ringen ein blutrotes Herz.

»Et is e Herzscheibche, und dau sollsch es haben. Mir sehn ins ja bald.«

Fürchtegott Niem wartete keinen Dank ab, drehte sich um, kehrte aber nicht zu seiner Schlifferbank zurück. Er blieb mitten in der Schlifferwerkstatt stehen, weil er auf eine Stimme wartete.

Die Mädchen liefen hinaus in den Schnee. Niem hörte in sich hinein.

Blick ihr nicht nach, sagte der Tod.

* * *

Jette umarmte Florinchen und zog sie an sich. Dann sagte sie leise: »Eich fürcht mich so. Es is so weit weg. Aber der Gustav weeß, was gut is.«

Jakob war aus dem Haus gekommen, mit Gustav lud er die letzten Werkzeugkisten und Ackergeräte auf. Er war überzeugt, dass die Indianer in Brasilien am besten wüssten, wie man dort den Boden bestellen musste.

»Des is net wie hier. Do hast dau hunnert Hektar durchzumache, des is so viel, des könne mir uns gar net vorstelle!«

Gustav verließ sich lieber auf die Art der Feldwirtschaft, die er gelernt hatte, und vertraute darauf, dass die von Johann geschmiedeten Geräte auch mit der Menge Land, die ihm von Brasiliens Kaiser geschenkt wurde, fertigwerden konnten.

Die Simons hatten viereinhalb Hektar Acker. Das war nicht genug zum Leben, zum Sterben zu viel. Ein halber Hektar Gerste, die sie an die Brauerei in Simmern verkauften. Zwei Hektar Winterweizen und zwei Hektar Grumbieren für den eigenen Bedarf. Aber sie ernteten nicht, was sie gesät hatten. Die Feldmäuse stahlen das Getreide. Die Fäule stahl die Kartoffeln.

Das Jahr vor dem Schreckenssommer 1837, in dem die ganze Erde sich im Frost verschworen hatte, die Hunsrücker sterben zu lassen, hatte noch einen warmen Sommer gebracht, die Schabbacher konnten mit einem besseren Ertrag rechnen. Ihre einzige Sorge waren die Spatzen gewesen, die schon nach der Schneeschmelze wie eine biblische Plage einfielen und das ausgebrachte Saatgut hinter dem Sämann aus dem Acker fraßen. Noch lange galt 1836 als das *Böse Spatzejahr*. Zu grauen Wolken versammelt, tauchten die Vögel am Himmel auf und fielen aufs Feld und ins Dorf nieder. Die Hunsrücker Katzen hatten eine gute Zeit.

Der Schellematz war damals an einem der letzten Tage des März durch Schabbach gezogen und hatte den Beschluss des Landratsamtes in Simmern auf Anweisung der Koblenzer Bezirksregierung verkündet, wonach alle, die Grundsteuer zahlen mussten, zu jedem Grundsteuertaler zusätzlich zwei Sperlingsköpfe beim Ortsvorsteher abzugeben hatten. Jeder zu wenig abgegebene Sperlingskopf kostete einen Silbergroschen Strafe. Wer über sein Soll ablieferte, erhielt für jeden toten Vogel einen Silbergroschen extra.

Als der Schuster Nauert die Regelung bekanntgemacht hatte, kam Otto Bodtländer auf die pädagogisch bemerkenswerte Idee, in seiner einklassigen Schule den Rechenunterricht mit der Sperlingsverfügung zu verbinden. Und so lernten die Kinder, die zwischen sechs und neun Jahre alt waren, dass ein Spatzenkopf zwölf Pfennige oder einen Silbergroschen wert war, sechs Spatzenköpfe sechs Silbergroschen brachten, ein Dutzend das Doppelte, und ein Schock?

»Richtig, Kinder, fünf Dutzend bringen sechzig Silbergroschen, das sind zwei ganze Taler!«

Nach solcher praktischen Mathematik musste der Ortsvorsteher Frommholz als Beauftragter des Landratsamtes nicht lange warten. Die Kinder gingen in den ersten Apriltagen auf Spatzenjagd, brachten ihm die abgerupften Köpfe und verdienten sich die Prämie.

Gustav wurde wegen der Plage zwei Wochen vom Militär beurlaubt und kam nach Hause. »Jetzt fiehre mer Kriech gege die Spatze!«, sagte er lachend.

Auch Jakob, der Schule schon entwachsen, begnügte sich nicht damit, einzelne Sperlinge mit der Steinschleuder zu erlegen.

Der Unkel hatte ihnen aus dünnem Flachsgarn ein Fangnetz geknüpft, an zwei Ecken Steine eingebunden, durch den hinteren Saum eine Haselgerte geflochten und mit den Brüdern geübt, das Netz flach über den Boden zu werfen, so dass es eine möglichst große Fläche bedeckte.

Dann kam der Morgen der Aussaat.

Johann zog mit dem Kuhgespann die Egge über den Acker und bereitete das Saatbett vor. Margret, den Saatgutsack aus Leinen über der Schulter, lief hinter ihm und griff, wenn sie den linken Fuß vorsetzte, mit der rechten Hand in den Sack, holte eine Faust voll Sommergerste hervor und warf sie beim nächsten Schritt in weitem Bogen aus.

Die Spatzen warteten schon am Himmel. In Schwärmen fielen sie über das Feld her und ließen sich in Margrets Spur nieder.

Hinter der Mutter lauerten Gustav und Jakob. Sie schleuderten das Netz auf den Boden, die Sperlinge stoben auf, vielen gelang die Flucht nicht, sie verfingen sich im Garn, flatterten und pickten in Todesangst nach den Maschen.

Gustav auf der einen, Jakob auf der anderen Seite des Netzes, rafften die Beute zusammen, und Gustav griff einen Sperling nach dem anderen aus der zuckenden Menge, hielt ihn mit der linken Hand fest, riss mit der rechten das Köpfchen ab, warf die kleinen Federleiber aufs Feld, die Köpfe in den Jutesack, den Jakob um die Schulter trug und aufhielt. Bald waren Gustavs Hände voller Blut, auf dem hellbraunen Sammelsack wuchsen rote Flecken.

Margret sah sich nicht um. Ihr Sohn Gustav tötete wie im Rausch, Jakob sah ihm angeekelt und doch voller Bewunderung zu. Die Entschlossenheit, mit der Gustav die kleinen Vögel am Genick auseinanderriss, traute er sich selbst nicht zu. Kaum hatten sie ein Netz voll Spatzen vom Acker geholt, fielen neue Vogelwolken nieder. Das Flattern hörte sich an, als ob die ganze Luft über dem Feld kochte.

Dass das Netz wieder über die Vogelschar herfiel, erkannte Margret am aufbrausenden Gezwitscher hinter ihrem Rücken. Es hörte sich an wie ungezählte kleine Schreie.

Als der Teil des Ackers eingesät war, der nicht für Kartoffeln gebraucht wurde, war die Sperlingsbeute gut achtzig Silbergroschen wert, das waren zwei Taler und zwanzig Groschen, der Wochenlohn für Leinenweber.

Die Eltern machten sich auf den Heimweg. Hinter ihnen hoben die Schwärme sich auf und flogen als dunkle Spur zum Horizont.

Jakob und Gustav kürzten ihren Weg durch den Lohwald ab und wollten die Vogelköpfe gleich bei Frommholz abliefern. Johann hatte jedem von ihnen erlaubt, zehn Silbergroschen zu behalten.

Sie fühlten sich als reiche Leute.

Noch hatte ihnen keiner erzählt, dass die Fabrikanten in Berlin oder Breslau jeden Monat mehr als viertausend Taler verdienten.

Jettchen erzählte später, sie habe in der Kirche für die armen Sperlinge gebetet und um Vergebung der Sünden für Gustav und Jakob. Sie war ihnen begegnet, wo der Lohwald an den Wiesen zwischen Kirschweiler und Schabbach endete.

Über die alte Römerstraße waren Jette, Florinchen und andere junge Leute aus Kirschweiler, gefolgt von ein paar Kindern, auf dem mit brüchigen Steinplatten belegten

Fahrweg zwei merkwürdig aussehenden Reitern hinterhergelaufen, als Gustav und Jakob mit dem Sack voll Spatzenköpfe aus dem Wald kamen.

Der dumpfe Klang großer Trommeln flog den Reitern voraus. In ihren blauen Röcken mit ponceauroten Kragen und Ärmelaufschlägen, dunkelgrauen Hosen, dem weißen Bandelier und der schwarzen Kartusche daran sahen sie aus wie preußische Dragoner, doch trugen sie statt der Kappen oder Helme breitkrempige schwarze Hüte wie die Zimmermannsgesellen auf der Walz, und jeder hatte an seinen Hut eine weiße Straußenfeder gesteckt. Seitlich hing beiden eine Landsknechtstrommel am Sattel, und während sie gemächlich voranritten, schlugen sie wechselweise lässig mit einem Holzschlegel auf das Trommelfell, als ob sie ihren Pferden den Trab vorschlagen müssten. Ein drittes, das Packpferd mit der Drehorgel, führten sie am langen Zügel hinter sich her.

Die Jungen und Mädchen wussten, dass es die niederländischen Werber waren, die jährlich in die Dörfer kamen, um im Auftrag des Kaisers Dom Pedro II. von Brasilien Handwerker aus dem Hunsrück zur Auswanderung zu bewegen.

Peter II., einer der klügsten und gebildetsten Monarchen seiner Zeit, investierte in die Einwanderung nach Brasilien, um vor allem die Weiten im Süden seines Landes besiedeln und urbar machen zu lassen.

Wenn die Werber auftauchten, zogen sie stets neugierige Jugendliche und lärmende Kinderscharen hinter sich her, und so nahmen Jette und Florinchen an diesem Frühlingstag kaum wahr, dass Gustav und Jakob an ihrer Seite liefen und ihnen zeigen wollten, wie erfolgreich sie bei der Sperlingsjagd gewesen waren.

Endlich blieben sie stehen. Jakob öffnete den Schultersack. Die Mädchen blickten in das Gemenge aus kleinen Vogelköpfchen mit blutverklebtem Gefieder und nackten Augenlidern, die halb geschlossen waren. Manche Schnäbel waren noch aufgerissen im Augenblick des Todes, andere durch Gustavs Zugriff so verschoben, dass Ober- und Unterschnabel wie eine winzige Schere auseinanderklafften und dazwischen die blaue Spatzenzunge sichtbar war.

Als Jette erkannte, was sie sah, schlug sie die Hand vor den Mund und schloss die Augen. Florinchen schrie auf, wandte sich ab, als suche sie nach einem Fluchtweg. Der Kleinere der Werber hörte den Schrei, riss sein Pferd herum und meinte, zu Hilfe eilen zu müssen, konnte seinen überraschten Gaul aber kaum halten, der unter dem angerafften Zügel stieg, trappelte und laut wiehernd auf der Stelle stampfte. Die Kinder erschraken und stoben nach allen Seiten auseinander. Jettchen und Florinchen rannten ihnen nach.

Der zweite Werber, ein langer, hagerer Holländer, sprang von seinem Pferd und rief, sie sollten keine Angst haben, doch da war der Fahrweg schon verlassen, nur Gustav stand noch da, neben ihm Jakob, und neben dem lag der blutgefleckte Sack.

Der Werber hob ihn auf, sah hinein, warf ihn wieder hin und sagte in seiner fremden Satzmelodie:

»In Brasilien gibt's keine Spatzen. Keinen einzigen. Aber schöne Weiber!«

Er schwang sich auf sein Pferd, grinste seinem Begleiter zu, und die beiden ritten gemächlich davon, ohne weiter die Trommeln zu schlagen.

Gustav trug das Geld.

Der Großbauer Frommholz, seines Grundbesitzes wegen Ortsvorsteher, hatte die Menge der Sperlingsköpfe in die preußische Amtsliste eingetragen und anstandslos bezahlt. Gustav hatte die vierundachtzig Silbergroschen in sein Taschentuch geknotet. Da Jakob nie ein Taschentuch bei sich hatte, war es keine Frage, wer von beiden die Spatzenprämie nach Hause tragen durfte.

Sie kamen in Schabbach an, als die Werber ihren Auftritt in der Straße schon hinter sich gebracht und die Leute aufgefordert hatten, zu Leyendecker in den *Roten Hirsch* zu kommen. Ihre Pferde waren noch nicht eingestallt und vor dem Gasthaus an die Tränke gebunden.

Jakob und Gustav quetschten sich in die überfüllte Wirtsstube. Der kleine Werber, seiner rundlichen Gestalt nach offenbar ein Mann mit gutem Appetit, hatte sich auf einen Tisch gestellt, sein Glas Bier in einem Zug ausgetrunken, in die Runde gerufen, dass jetzt jeder auf Kosten des Kaisers Dom Pedro II. trinken dürfe, und der dünne Werber hatte mit seiner Drehorgel so lange gespielt, bis Ruhe eintrat.

Jakob drängelte sich nach vorn durch und setzte sich zwischen zwei Männer auf die Bank am Tisch der Holländer. Er hatte schon einen Becher Wein getrunken, sein Gesicht glühte. Er stützte die Ellbogen auf die gescheuerte Holzplatte und faltete die Hände. Er sah aus, als ob er die Werber anbetete.

Wie in Trance hörte er ihr Lied.

»Hannes, Hannes, zieh mit mir,
Nach Brasilien wandern wir,
In das Land so riesengroß,

Die Grumbiern wie ein Kopf so groß!
Und jeden Tag schlacht man ein Schwein
Und trinkt dabei den besten Wein.
Für Pfoten, Leber, Schweineköpf
Sind viel zu klein die vielen Töpf.
Drum Hannes, Hannes, säume nicht,
Verachte nicht des Glückes Licht.«

Er hörte »Jakob, Jakob, zieh mit mir« und sah sich schon auf einem Pferdewagen zum Rhein hinunterfahren, wo das Schiff nach Rotterdam wartete. Die Werber malten die Lebensaussichten in Brasilien in schönsten Farben, enthüllten bunte Bildplakate, auf denen Familienidyllen samt schwarzen Sklaven zu sehen waren, schwärmten von den Versprechungen des Kaisers für die Kolonisten, die Überfahrt sei für Handwerker kostenlos und für ihre Familien spottbillig. Vierhundert Morgen urbar gemachtes Land warteten auf jeden, zweitausend Gulden Jahresgehalt, zwölf Sklaven, ein Haus, zehn Rinder, zehn Schweine. Außerdem stecke der Boden voller Achate, die man nach Hause schicken könne, um den Hiergebliebenen zu helfen. Dass mancher Hunsrücker Auswanderer dort seine Kinder vor den Pflug spannen musste, weil die Versprechungen nicht eingelöst worden waren, verschwiegen sie.

Jakob schloss die Augen.

Er stand vor seinem Haus und blickte auf sein grünes Land, er hörte sein Vieh im Stall brüllen, über ihm wölbte sich der klare, durchsichtige Himmel Brasiliens, neben dem Haus lagen gehäuft Achate und Jaspis. Er rauchte eine Pfeife guten Tabak und fühlte sich zufrieden, stark und frei wie noch nie in seinem Leben.

Er vernahm kaum, was die Werber über die Kontrakte sagten, über ihr Handelshaus *Delrue* in Antwerpen und die nötigen Zeugnisse für die Auswanderungswilligen: die Bestätigung untadeligen Lebenswandels, den Preußisch-Oldenburgischen Pass, die Entlassungsurkunde aus der Staatsbürgerschaft. Er dachte auch nicht daran, welchen Vorteil die Werber von jedem abgeschlossenen Vertrag hatten.

Er öffnete die Augen und sah die Antragsbücher auf dem Tisch liegen, die urkundlichen Bestätigungen des brasilianischen Kaisers, die Vertragsformulare.

Keiner der vielen Männer in der Wirtsstube wollte sich entschließen. Man trank kostenfrei, man murmelte, beriet sich, ging vom Bier zum Schnaps über, zögerte. Doch die erhitzen Gesichter hatten ein Leuchten im Blick, als sähen sie einen goldenen Fluss, den man nur zu durchschwimmen brauchte, um am jenseitigen Ufer ein glücklicheres Leben zu finden, ohne die Zwänge der Armut, ohne Obrigkeit und den Übermut der Ämter.

Zwei junge Männer schoben sich an den anderen vorbei zum Tisch der Werber vor. Nach Rio de Janeiro wollten sie, sagte der ältere so laut, als müsste er sich vom eigenen Entschluss überzeugen.

Jakob kannte sie: Es waren Florinchens Brüder, Paul und Ernst Morsch, die meinten, Gerber würden überall gebraucht, und hier gebe es nicht genug Arbeit für sie beide.

Die Werber nickten. In Rio sei der Lederbedarf größer als das Angebot, außerdem würde ihnen Land geschenkt, und für den Aufbau einer eigenen Gerberei gebe es einen königlichen Kredit.

Von ganz hinten rief Otto Bodtländer: »Ob des aach wohr is? Verspreche kann mer viel!«

»Wir wissen es!«, gab einer der Werber zurück. »Unser Handelshaus Delrue steht für die Wahrheit!«

Der Lehrer war dürr genug, um sich ohne Mühe nach vorn durchschlängeln zu können. Seine zusätzliche Tätigkeit als Gemeindeschreiber und sein Glockenamt in der kleinen Schabbacher Kirche verliehen ihm, vor allem der eigenen Einschätzung nach, eine gewisse Verantwortung für das öffentliche Wohl. Die nahm er jetzt wahr. Er wedelte mit einer Seite der *Hunsrücker Zeitung* aus Simmern und las aus einer in der Woche zuvor dort erschienenen Anzeige unter der Überschrift *Zur Nachricht!* vor:

»Die von mehreren Seiten versuchten Umtriebe, Auswanderer, die nach Brasilien als Colonisten übersiedeln wollen, zu verleiten, nach Rio de Janeiro zu gehen, und zwar unter dem Vorgeben, dass ihnen von der Regierung dort Land geschenkt werde, veranlassen mich zu der Erklärung, dass in der Provinz Rio de Janeiro eine Landschenkung an Einwanderer durchaus nicht Statt findet.«

Bodtländer erhob seine Stimme über das einsetzende Grummeln und Unmutsgeraune und fuhr fort:

»Der Königlich Preußische Ministerresident in Rio, Graf d'Oriolla, hat an den Central Verein für deutsche Auswanderung in Berlin die Aufforderung erlassen, die Colonisten dringend zu warnen, nach Rio de Janeiro zu gehen. Sie müssen vielmehr direkt nach den Colonien übersiedeln. Die Provinzialregierung von Rio Grande do Sul, welche den einwandernden Colonisten Land, Ackergeräte, Sämereien et cetera schenkt, lässt unter dieser Zusicherung jetzt Colonisten für die deutsche Colonie St. Cruz annehmen, zu welchem Zwecke sie mich allein bevollmächtigt hat und nur Denen, die durch mich als Colonisten angenommen und mit den nöthigen Certificaten versehen sind, jene Schenkungen und Vortheile gewährt. Unterzeichnet: Peter Kleudgen, Agent der Provinz Rio Grande do Sul!«

Der Lehrer hatte seine Lautstärke im Verlauf des Verlesens der Annonce gesteigert und mit einem triumphierenden »…do Sul!« beendet.

Die lauernde Stille, die nun einsetzte, brachte die Werber nicht in Verlegenheit. Sie grinsten weiter wie während Bodtländers Vortrag, und schließlich sagte der Rundliche, man kenne diesen angeblichen Agenten des Rio do Sul, diesen Kleudgen, der verspräche das Blaue vom Himmel herunter und könne nichts davon halten. Viele schon seien auf ihn hereingefallen – kein Wunder, hier im Hunsrück, wie auch in Teilen der Pfalz drüben, gehe es den Menschen doch wie im Märchen von den Bremer Stadtmusikanten.

»Hab ich nicht recht? Ihr denkt doch alle: Etwas Besseres als den Tod finden wir überall! Aber was ihr braucht, ist ein besseres Leben! Und das kriegt ihr nur durch uns, durch unser Handelshaus Delrue, unser Sekretär Antonio Alvares de Mirandan Varejao hat persönlich mit dem brasilianischen Präsidenten Aureliano de Souza Oliveiro Continyo die Verträge ausgehandelt und arbeitet ständig mit dem Minister Aranje Ribeiro zusammen! Aber wenn ihr euch lieber auf einen Peter Kleudgen verlassen wollt, bitte!«

Wie betäubt von der Suada fremder Namensklänge, die auf eine merkwürdige Weise zugleich portugiesisch und holländisch waren, hatte Jakob unverwandt auf den Tisch mit dem Registerbuch und den Kontraktpapieren gestarrt. Als jetzt die beiden Gerber Paul und Ernst Morsch unterzeichneten und der Werber etwas von Reisegeld und Vertragskommission sagte, schrie Jakob:

»Eich komm aach mit! Eich hab zehn Grosche, Gustav, gib's mer do her!«

»Ei allemool!«, rief Gustav von hinten, und das Gelächter, das losbrach, stieß Jakob in die Wirklichkeit zurück. Ein Vierzehnjähriger wollte auswandern! Er spürte, wie ihm das Blut zu Kopf stieg, duckte sich und strebte zur Tür.

Im selben Augenblick trat Nauert in die Wirtsstube. Er trug die Schelle in der Rechten und schwang sie, als wäre Feuer ausgebrochen. Augenblicklich wurde es still.

Nauert ließ die Handglocke sinken. Alle sahen, wie bleich er war.

»Der Niem«, sagte er leise. »Der Schliffer Niem hot sisch uhmgebracht.«

* * *

Seine Frau hatte ihn gefunden. Am Dachgebälk der Werkstatt hatte er den Strick festgeknotet.

Fürchtegott Niem hing über seinem Schlifferbrett in der Seilschlinge.

Lotte betrachtete ihn. Sie war nicht erschrocken, als sie ihn entdeckt hatte. Sie hatte seit langem erwartet, dass er es tun würde.

Dennoch wunderte sie sich, dass sie so ruhig blieb. Sie zog unter seiner Bank die Flasche mit dem Tresterschnaps hervor, mit dem ihr Mann seit Jahren seine Lungenschmerzen betäubte. Sie trank. Schlug den Stopfen in den Flaschenhals zurück. Blickte auf den Erhängten. Nun war er da angekommen, wo er seit Jahren schon hinwollte. Vielleicht traf er jetzt Johannettchen.

Sie wartete darauf, dass sie wütend würde. Doch die Wut kam nicht. Er tat ihr auch nicht leid. Schon lange nicht mehr. Sie sah sich in der Werkstatt um. Die Schleife drehte sich noch. Die Steintrommeln drehten sich, und ihre Ladungen rumpelten und scharrten. Lotte zog an dem Hebel, der den Treibriemen von der Holzwelle schob. Die Schleife lief aus und blieb stehen. Das Mühlrad draußen drehte sich weiter. Der Schliffer schien von seinem hohen Platz aus Lottes Handgriffe zu beobachten.

Gut, dass Jettchen nicht hier war.

Jetzt musste sie dafür sorgen, dass die Dinge in die richtige Reihe kamen. Ein Geselle musste her. Die gab's überall. Jettchen musste verheiratet werden. Lotte wusste auch, mit wem. Der Simon Gustav, vom Schmiedhannes der Älteste, das war die richtige Verbindung. Eisen und Stein. Zur Anbahnung musste sie mit Margret sprechen.

Sie verließ die Werkstatt und schloss die Tür ab. Sie setzte sich auf die Bank und hörte dem gleichmäßigen Wasserschlag des Mühlrads zu.

Sie musste nicht lange warten. Jette und Florinchen kamen aus dem Wald aufs Haus zu. Sie würde ihrer Tochter sagen müssen, dass der Vater gestorben war. An der Lunge.

Die Mädchen würden nach Kirschweiler gehen, den Amtmann Gollert holen, den Schreiner und Sargtischler Jakob Linnemann. Und Pastor Binz, der auch für einen Selbstmörder seinen Wahlspruch gelten lassen würde, den er bei jeder Gelegenheit anbrachte: »Alle Sünder Gottes Kinder.«

Und dann würde sie ihren Mann waschen.

Erst wenn Fürchtegott Niem im Sarg lag, durfte Jette ihn sehen. Doktor Zwirn aus Simmern holen zu lassen war überflüssig. Amtmann Gollert würde das Nötige bestätigen.

Das war der richtige Ablauf.

Das ganze Dorf war dabei. Schliffer Niem wurde in Kirschweiler von einigen zu seiner letzter Ruhestätte begleitet, die über den Lebenden nicht gut geredet hatten. Dorchen Linnemann, die Frau des Schreiners, hatte früher in der Meistube gesagt, Niem habe sich um seinen Verstand gesoffen. Und der Abdecker Max Schichta, der mit gesenktem Kopf ging, das berüchtigte Schandmaul, hatte hinter vorgehaltener Hand jedem, der zuhören wollte, anvertraut, Niem sei kein Mann mehr und seine Frau deshalb »uf jeed Rübche rossich«.

Auch aus Schabbach liefen viele hinter dem Sarg des Schliffers. Die Simons vollzählig.

Jakob gelang es, an Jettchens linke Seite zu kommen. Das Mädchen schluchzte unaufhörlich und führte rechts neben sich die Mutter am Arm. Auch Lotte wurde auf dem letzten Weg ihres Fürchtegott zum eigenen Erstaunen von Trauer bewegt und hatte Tränen in den Augen. Theresia Binz, die gewichtige Gattin des Pastors, reichte ihr ein Tüchlein.

Florinchen Morsch musste mit ihren Eltern gehen, drehte sich aber so oft nach Gustav um, dass der Gerber seine Tochter schließlich unterhakte und nach vorn zwang.

Pastor Binz predigte am offenen Grab. Der Himmel über dem Kirschweiler Friedhof war wolkenlos blau, der Apriltag von der Sonne durchstrahlt, und wäre es nicht kühl gewesen, hätten die Trauernden sich fühlen können wie im Mai. Auf den Gräbern saßen zahllose Spatzen. Die Vögel hofften bei jeder Menschenansammlung auf Futter.

Binz bat Jesus um gnädige Aufnahme von Fürchtegott Niem in die Ewigkeit, sprach von Erlösung aus dem Jammertal und segnete die Gemeinde am Grab. Von Selbstmord keine Silbe. Alle Sünder Gottes Kinder.

Man hielt sich nicht länger auf als nötig. Im Gasthaus *Zum Weinkrug* in Kirschweiler war der Leichenims mit Brot, Salz und Wein aufgetischt, Kaffee und Kuchen standen bereit, und als die Trauergesellschaft eintraf, hatten andere Kirschweiler Bürger, die sich das letzte Geleit für den Schliffer aus unterschiedlichen Gründen erspart hatten, schon auf den Bänken Platz genommen. Einige waren, Protestantismus hin oder her, noch immer der Ansicht, Selbstmörder gehörten nicht auf den Friedhof, sondern irgendwo draußen verscharrt.

Vom Toten war bei seinem Leichenschmaus nicht lange die Rede.

Florinchen wusste es einzurichten, dass sie neben Gustav zu sitzen kam, was Lotte Niem missfiel, die energisch den Platz neben Margret Simon behauptet hatte. So ergab sich die widersprüchliche Lage, dass Florinchen ihren ganzen Ehrgeiz daran setzte, Gustav zu gefallen, während Lotte, ihren Vorteil als trauernde Witwe nutzend, mit Margret ein Gespräch über die Zukunft ihrer eben erst fünfzehnjährigen Tochter Jette begann, in der Gustav, gerade siebzehn Jahre alt und schon in zwei Tagen wieder bei den Soldaten, eine entscheidende Rolle spielen sollte.

Es brauchte einige Runden Wein für die Frauen, Schnäpse für die Männer, bis Lotte Niem und Margret Simon sich einig waren, die Simon-Schmiede und die

Niem-Schleife nebst den dazugehörenden Äckern zu verheiraten.

Johann wurde nicht gefragt, Jette wusste davon so wenig wie Gustav, der von Florinchen gebeten wurde, mit ihr nach draußen zu gehen, weil ihr vom ungewohnten Wein heiß geworden sei.

Draußen zog sie ihn hinters Haus und drückte ihm etwas in die Hand, bekam einen roten Kopf, stellte sich auf die Zehenspitzen, gab dem verblüfften und in Liebesdingen ganz unerweckten Gustav einen Kuss auf die Wange, wandte sich um und lief davon.

Er betrachtete ihr Geschenk. Es war eine geschliffene Scheibe Flammenachat, in deren Mitte ein blutrotes Herz leuchtete. Hätte er geahnt, dass Florinchen ihm damit ihr eigenes Herz schenken wollte, hätte er vielleicht etwas gefühlt, doch so wunderte er sich nur und steckte die Gabe in die Hosentasche.

Es war dieses Herzscheibchen, das er Jahre später seiner Frau Jette ans Kindbett brachte. Im Februar 1841 hatte sie eine Tochter geboren, das Bärbelche, und Gustav wollte ihr seine Freude und Dankbarkeit zeigen.

Als er ihr das Herzscheibchen aufs Kissen legte, lächelte sie, schwieg, nahm seine Hand. Woher er den Achat hatte, fragte sie nicht. Sie erinnerte sich gut an Florinchens heimliche, inzwischen wohl vergangene Liebe.

Und der Gedanke, dass das Herzscheibchen, das ihr Vater geschliffen hatte, einmal ihrer Tochter gehören und von ihr einst einem Mann gegeben würde, machte sie glücklich.

Gustav blickte auf das Kind und sagte: »Mei Bärbelche is au bald fertig un laaft am End frieher wie unser Mädche.«

Jette wusste, dass er wieder bis tief in die Nacht beim Öllicht an seiner Dampfmaschine bauen würde, wie schon seit der Hochzeit.

Der Schmiedhannes hatte von vornherein nichts von den Plänen seines Ältesten gehalten. »Darr is jo all Unsinn!« Und wozu überhaupt Gustav so eine Maschine bauen wolle, worauf der seinem Vater mit dessen eigenem Spruch entgegnete: »Eich wills wisse.«

Das Wissen hatte er sich zielstrebig angeeignet. Seit drei Jahren gab es eine Schabbacher Lesegesellschaft im Lehrerhaus. In dem gerade mal zimmerbreiten Fachwerkhaus mit Außenstiege bewohnte Bodtländer den ersten Stock. Im Erdgeschoss war das Schulzimmer.

Dort fanden sich Gertrud Frommholz und Lotte Niem, Pfarrer Binz und seine Frau, die Hebamme Sophie Gent und Simons Unkel am letzten Sonntag im Monat zum Vorlesen ein, das jeder reihum bewältigen musste. Nur Hedwig Simon, die nicht lesen und schreiben konnte, war als Zuhörerin geduldet und von der allgemeinen Vorlesepflicht befreit, zahlte aber wie die anderen einen Viertelgroschen.

Anfangs war auch Frida Molitor dabei gewesen, die Frau des Schneiders aus Kirschweiler. Doch Wenzel Molitor, der wegen einer Wirbelsäulenerkrankung seit seiner Jugend in sich gekrümmt war, hatte ihr verboten zu lesen. Vielleicht, weil er nicht wollte, dass sie nach den Abenden bei Sophie Gent und ihrem unehelichen Margotchen übernachtete, vielleicht, weil er nicht mit seinem kränklichen dreizehnjährigen Sohn allein sein wollte, von dem man in den Meistuben munkelte, er sei nicht von ihm.

Bodtländer und Binz sorgten für die Literatur, achteten auch auf naturwissenschaftliche Werke, hatten aber damit keinen Erfolg bei den Damen. Man stand in Verbindung mit der Koblenzer Lesegesellschaft und bezog die Bücher über die Postreiterei.

»Mir sein grad bei dem Taugenichts vom Eichendorff«, sagte Lotte Niem, als sie an Jakob vorbei ins Bodtländerhaus ging und sah, wie gern er mit hineingekommen wäre. »Un wenn eich deich so seh, dau un der Taugenichts, ihr seid grad eener, un eich könnt deich grad mit in mei Schloss nehme!« Sie lachte und ließ ihn stehen, und Jakob sah sehnsüchtig zum Bodtländerhaus hinüber.

Er profitierte dennoch von der Gesellschaft. Bodtländer lieh ihm Humboldts *Monumente americanischer Völker* und die *Malerische Reise in Brasilien* von Moritz Rugendas, Major Schäffers Handbuch *Brasilien als unabhängiges Reich*, Jakob Krehbiels *Schreiben aus Amerika und Nachricht über die dortigen Verhältnisse für Auswanderer und Nichtauswanderer*, dazu Erfahrungsberichte von Kolonisten in Berliner Journalen und die *Reise in Brasilien in den Jahren 1817-1820* von Spix und Martius. Er fraß alles in sich hinein, gab acht, von seinem Vater nicht beim Lesen erwischt zu werden, versteckte die Bücher im Flachskorb des Unkels hinter dem Webstuhl und baute von Buch zu Buch weiter an den Landschaften seines Traums.

Gustav, der anfangs gegen die Lesegesellschaft eingenommen war, fand sie bald ebenso nützlich wie sein Bruder.

Er war dankbarer Abnehmer für die wissenschaftlichen Texte von Pastor Binz, der ebenso stark an den industriellen Fortschritt wie an Gott glaubte und glücklich war, in Gustav einen Gleichgesinnten gefunden zu haben.

Als der ihm erzählt hatte, dass in ein paar Monaten eine Taufe im Haus Simon anstand, hatte er auch erwähnt, er wolle eine Dampfmaschine bauen, um Hämmer und Bohrer zu betreiben und dem Vater die Arbeit in der Schmiede zu erleichtern. Vielleicht ging sogar das Dreschen mit dem Antrieb leichter und schneller.

Zwei Monate später brachte der Pastor ihm das *Handbuch der Dampfmaschinenlehre für Techniker und Freunde der Mechanik* eines Baseler Professors namens Christoph Bernoulli, das Gustav bald wegen der vielen Formeln, komplizierten Berechnungen und Tabellen zur Seite legte.

Der Zufall wollte, dass Binz wegen seiner Augengläser den Linsenschleifer und Brillenmacher Gottlieb Kaulfuß in Simmern aufsuchen musste, ihm nebenher von Gustavs Traum erzählte und erfuhr, dass Kaulfuß weitläufig verwandt war mit dem Brandenburger Augenarzt Ernst Alban, der neuartige Dampfmaschinen mit senkrecht stehendem Zylinder entwickelte, darüber in einem Journal regelmäßig berichtete und technische Pläne veröffentlichte. Dieses *Dinglers Polytechnische Journal* sandte er, womöglich aus Eitelkeit, Kaulfuß regelmäßig zu, der dafür jedoch keinerlei Verwendung hatte und auch nichts davon verstand, weshalb er froh war, die Journale Binz mitgeben und so an Gustav Simon weiterleiten zu können.

Langsam und mühevoll bastelte Gustav im hinteren Teil der Schmiede seine Maschine zusammen. Was er nicht selbst herstellen konnte, brachte Dr. Zwirner ihm bei Arztbesuchen in Schabbach vom Eisenhandel in Simmern mit. Als Gegenleistung ließ er sein Pferd beschlagen, die Achsfedern seiner Kalesche nachschmieden oder an den Rädern neue Eisenreifen aufziehen.

Gustav nietete und schweißte, passte den Kolben mit einer Lederdichtung in den Zylinder ein, brachte Pleuelstangen, Steuerstäbe, Gelenke und Ventilstößel an und arbeitete über Monate, vom Vater belächelt, unbeirrt am Aufbau der Maschine nach den Albanschen Plänen. Denn hatten die Simons einmal einen Traum, hielten sie an ihm fest.

Zwei Probeläufe verliefen nicht ganz erfolgreich. Das Gerät funktionierte nur für ein paar Minuten. Dann gelang es Gustav, den Lauf aufrecht zu erhalten, doch der leichteste Widerstand am Schwungrad bremste den Kolben aus. Schließlich lief die Maschine sogar mit einem kleinen Schmiedehammer, und Johann, der sie für schieren Unsinn gehalten hatte, entdeckte ihren Nutzen: Mit dem Schmiedegeräusch tarnte er seine Abwesenheit für die Suche nach dem Schinderhannes-Schatz.

Vergeblich hatte Gustav seither mit Umlenkrollen und ledernen Treibriemen versucht, die Bewegung auf Eisenbohrer oder schwere Hämmer zu übertragen. Und er ahnte, warum: Noch hatte er nicht den von Alban empfohlenen Druck und die dafür nötige Ventilstellung probiert, aus Furcht, der Kessel könnte platzen.

Am Abend von Bärbelchens Geburt nahm er ein Stück Kreide und schrieb auf den Zylinder der Maschine den Namen des Kindes. Er drehte am Schwungrad, das über einen Exzenter und eine Pleuelstange mit dem Kolben verbunden war und mit Regelstäben die Ventile steuerte. Er nahm die Ölkanne vom Werktisch und schmierte die Lager. Er legte die Riemen über die Treibrollen und verband sie mit dem Bohrständer.

Dann setzte er sich vor das Eisentier mit dem Namen Bärbel auf den Steinboden der Schmiede und betrachtete sein Werk.

Er war genau so wenig abergläubisch wie sein Vater.

Doch wenn er jetzt den Kessel einheizte, und der Kolben würde sich wieder nur vier, fünf Mal bewegen wie zuvor; wenn das Schwungrad wieder stehenbleiben würde, bevor es den toten Punkt überwunden hatte; wenn er wieder nicht den Mut fände, den Kesseldruck durch Nachheizen und Änderung der Ventilstellung zu erhöhen; wenn …

Wenn diese Dampfmaschine, der er nun den Namen seines Kindes gegeben hatte, nicht mit dem angeschlossenen Eisenbohrer funktionierte oder sogar zerbersten würde …

Wäre das nicht ein Zeichen, dass sein Kind, das Bärbelchen drüben im Haus, in Jettchens Armen …

Hätte er dann nicht dem kleinen Mädchen ein dunkles Omen …

Er schüttelte die Gedanken aus dem Kopf, stand auf und heizte den Kessel.

Er füllte Wasser nach. Stellte das Schwungrad auf Verschluss der Auslassventile. Wartete. Horchte auf das Singen des Wassers.

Er blieb nahe am Kessel stehen. Legte Buchenscheite nach. Starrte auf die Kreideschrift *Bärbel.*

Nach einer halben Stunde prüfte er das untere Überdruckventil. Der Druck schien ihm hoch genug. Er legte seine Hand an eine Speiche des Schwungrads und schob es an.

Die Maschine begann zu arbeiten, der Kolben hob und senkte sich im Zylinder drei Mal. Dann blieb das Schwungrad stehen. Gustav half nach. Wieder kam der Kolben in Gang. Die Treibriemen liefen an. Und jetzt hob und senkte sich der Kolbenstößel oberhalb des Zylinders weiter, das schwere Eisenrad drehte sich, gewann Geschwindigkeit. Die Riemen begannen zu schwirren, der Bohrständer vibrierte, die Spindel drehte sich, jaulte, Gustav ließ Öl aus der Kanne ins Lager tropfen, und nun lief die ganze Konstruktion mit der gleichmäßigen Kraft, für die Gustav in den zurückliegenden Monaten gearbeitet hatte.

Bärbel lebte.

Margret saß wach in der dunklen Küche, weil sie zur Stelle sein wollte, wenn Jette sie in der ersten Nacht nach der Geburt brauchte. Wenigstens der Schwiegertochter wollte sie wenn nötig helfen. Bei ihrer Tochter Lena zu sein, die wenige Tage zuvor im Weingut Zeitz ihr zweites Kind bekommen hatte, war ihr von Johann verboten worden, wie schon bei der Geburt von Lenas Sohn Hannikel.

Der Schmerzen in der Brust wurden schlimmer. Margret lehnte sich zurück und schob ihre Schultern nach hinten, um besser Luft zu bekommen. Sie zwang sich, ruhig und flach zu atmen. Der Anfall, mit dem sie gerechnet hatte, blieb aus. Doch sie fragte sich, ob sie Lena und ihre Kinder überhaupt noch einmal in die Arme nehmen könnte.

Sie hörte Gustavs Jubelschrei aus der Schmiede und dachte plötzlich an ihr erstes Kind, Franz, der irgendwo in Spanien für die Carlisten gefallen war, in einem Krieg, von dem sie nie gewusst hatte, warum es dazu gekommen und worum es gegangen war. Wie groß der Franz wohl jetzt wäre, wie er aussähe? Einundreißig Jahre. Bestimmt wäre er Schmied. Hätte Gustav bei der Dampfmaschine geholfen. Und während Margarethe sich vorbeugte und auf ihren Armen am Tisch einschlief, sah sie ihren ersten

Sohn, wie er als Soldat auf einem karstigen Gelände in der Sonne stand und ihr winkte.

Jakob las bei Kerzenlicht in Moritz Rugendas' *Malerische Reise in Brasilien* und hörte nichts.

Johann lag in seinem Bett, starrte ins Dunkel und fragte sich, ob der Schinderhannes-Schatz aus Goldmünzen oder aus Schmuck bestand. Wie sollte er Ketten und Ringe zu Geld machen?

Hedwig wachte in ihrer Aushaltstube hinter dem Stall vom Geräusch der Dampfmaschine auf, lauschte und lächelte. Sie hörte, dass Gustav Simon glücklich war.

* * *

Das Jahr schien es gut zu meinen mit den Leuten in Schabbach. Die Kartoffelernte war reich, Gerste und Weizen standen Anfang August reif auf den Feldern, und der Herbst brachte in den kleinen Bungerts des Ortes so viele Zwetschgen und Äpfel wie seit Jahren nicht.

Dann kehrte sich die Welt um. Der grausame Winter begann im November mit der Schaffäule. Gleich darauf, der Schnee lag hoch um die Häuser, kam die unheimliche Knochenseuche der Kühe.

Eine Kuh war den Simons im Stall geblieben, eine hatte der Abdecker Max Schichta im Dezember mitnehmen müssen. Die beiden Schweine überlebten den Winter. Die Kartoffelvorräte erfroren in den Vorratsgruben und Kellern.

In den Küchen gab es bald nicht mehr genug Holz. Zur Linderung hob die Bezirksregierung in Koblenz den Straftatbestand des Waldfrevels für zwei Monate auf.

Die Natur hatte sich gegen die Menschen verschworen.

Margret bekam Fieber, Dr. Zwirner sprach von Lungenentzündung. In Kirschweiler stürzte Frida Molitor, die Schneidersfrau, auf der vereisten Straße, brach sich die Hüfte und starb zwei Wochen später. Am schlimmsten traf es die Kinder zwischen Simmern und Birkenfeld.

Als der Arzt davor warnte, sie außer Haus zu lassen, und anordnete, den Schulunterricht auszusetzen, war die Epidemie schon nicht mehr aufzuhalten.

Die Diphtherie tötete erst die Säuglinge, dann kam das Fieber auch zu den größeren Kindern, der Rachen schwoll an, sie husteten Blut, die Lungen pfiffen beim Atmen, zuletzt kam die unendliche Ermüdung. Die Besenbinder Zwetsch mussten ihre fünfjährige Tochter Liesl begraben, ihr Sohn Peter überlebte die Krankheit.

Doktor Zwirner fuhr in seiner Kalesche durch Eis und Schnee zwischen Simmern und Kirschweiler und Schabbach hin und her, war selbst fiebrig, erschöpft, entmutigt. Er konnte nicht helfen. Die Kinder starben ihm unter den Händen weg.

In Schabbach trugen die Eltern an einem Februartag des neuen Jahres neun Kinder auf den Friedhof, in neun weißen kleinen Särgen.

Im kleinsten lag die Tochter von Jette und Gustav.

Während Zwirner im Zimmer oben Jette und Bärbelchen untersucht hatte, war Gustav unten in der Stube geblieben. Er hockte am Esstisch, den Kopf in die Hände gestützt.

In ihrem Stuhl am Fenster saß Hedwig, betete stumm mit geschlossenen Augen.

Margret stand am Herd, hielt einen von Sophie Gents Heilachaten an ihren Kehlkopf und fror.

Dann war Zwirner langsam die Treppe heruntergekommen, hatte mit müden Schritten die Stube durchquert und Gustav die Hand auf die Schulter gelegt. Als der ihn ansah, hatte der Arzt genickt.

»Das Bärbelche is heut mein viertes totes Kind.«

»Et is mei eenzisches«, hatte Gustav geantwortet und war aufgestanden.

Wortlos verließ er die Stube, das Haus und ging durch den Schnee an Zwirners Kalesche vorbei in die Schmiede.

Er hob den zwei Kilo schweren, kurzstieligen Schmiedehammer vom Werktisch, lief zur kalten Dampfmaschine und schlug auf sie ein. Das Steuergestänge bog sich, die Gelenke sprangen auseinander, die Nieten rissen. Unter einem einzigen, mit der Wucht der Verzweiflung geführten Schlag brach die Felge des gusseisernen Schwungrads.

Ein zweiter Schlag, der auf die Kreideschrift *Bärbel* traf, knickte den Zylinder und spaltete ihn vom Kesselstutzen ab.

Gustav legte den Hammer zurück an die Esse.

Er konnte nicht weinen. Wie seinem Vater verwandelten sich in ihm Enttäuschung und Trauer in Wut. Und nun war alles, was er spürte, eine tiefe Erschöpfung.

Er ging ins Haus zurück, an Margret vorbei, die weinend in der Küchentür stand und ihn anzusehen vermied, stieg die Treppe hinauf, betrat das Zimmer, das er mit Jette und dem Kind bewohnte, und schloss hinter sich die Tür ab.

Jette saß ruhig auf der Kante des Bettes und blickte zu ihm auf. Das Kind lag in seinem Bettchen, noch mit fieberroten Backen, und Gustav beugte sich und zog die Leinendecke über das kleine geschwollene Gesicht.

Er setzte sich neben seine Frau.

»Eich hab des Bärbel in de Schmied aa hiegemacht.«

Es war entsetzlich kalt im Zimmer. Jette dachte, dass jetzt alles zu Ende sei. Darum fiel ihr der Anfang ein.

Es war die *Leckschmier-Kirb* im August vor zwei Jahren gewesen. Die Leute kamen zu dem Fest bis aus Simmern, um die aus Pflaumen, Zucker, Zimt, Anis und etwas Ingwer über Stunden in Kesseln gekochte Leckschmier auf frischem Butterbrot zu genießen. Etwas früher fand die *Quetschekirb* statt, die von den Leyendeckers im Gasthaus *Roter Hirsch* veranstaltet wurde, wo es frischen Zwetschgenkuchen mit Kirner Bier gab.

Beide Kirbs aber endeten zumeist beim Schnaps, Kernobstbränden oder Trester, manchmal folgten Schießereien, bei denen übermütige Burschen in die Nachtluft ballerten, und nicht selten wurden in den warmen Sommernächten auf den Hügeln, in den Büschen und Wäldern um Schabbach neue Familien gegründet.

Gustav hatte Jette später gestanden, dass Margret ihn auf bestimmende Weise verpflichtet hatte, sich auf der Leckschmier-Kirb um Jettchen zu kümmern; sie hatte ihm den Jahre zurückliegenden Beschluss von ihr und Lotte Niem mitgeteilt, dass die Äcker der Niems und der Simons zusammengelegt werden sollten, und verschwiegen, dass sein Vater Johann nicht gefragt worden war. Das Steinhandwerk Niem und das Eisenhandwerk Simon, eine sichere Zukunft.

Jette hatte ihm gefallen, doch er hatte nie daran gedacht, die schwesterliche Freundin aus der Kindheit als Frau anzusehen.

Jetzt, mit ihr unter den schwitzenden Feiergästen im *Roten Hirsch*, versuchte er es.

Nach ein paar Lagen Obstbrand gelang es ihm. Er sah, dass die zwei obersten Knöpfe von Jettes Leinenmieder und die dünne Bluse darunter offen standen, und starrte auf den Ansatz ihrer Brüste. Jette nahm seinen Blick wahr. Ihr gefiel es, betrachtet zu werden. Langsam drehte sie sich um und wollte auf die Straße hinaus, um Jakob zu suchen. Vor der Gasthaustreppe nahm Gustav ihre Hand und sagte: »Mer misse gehe!«

Jette war nach drei Gläsern Bier und zwei Himbeerschnäpsen in sorgloser Laune, fragte nicht, wohin und warum, wunderte sich nur, dass der Freund sie plötzlich derart festhielt und mit sich zog. Sie wandte den Kopf um und suchte noch einmal zwischen den gelben Lichtinseln der Öllampen nach Jakob, dann stolperte sie mit und lachte.

Florinchen, vom anderen Ende der Kirb auf der Suche nach Gustav, sah die beiden zwischen den Häusern verschwinden und wollte hinterherlaufen. Doch dann blieb sie mitten auf der Straße stehen, weil sie Jakob an einer dunklen Hausecke sah. Er beugte sich vor und übergab sich. Sie lief zu ihm hin und hielt ihn fest. Er war so betrunken, dass er sich nur noch an sie lehnen konnte, und seine Zunge war so willenlos, dass Florinchen nicht verstand, was er brabbelte. Er versuchte, »Jettche« zu sagen.

Gustav war nicht weit mit Jette gelaufen. Hinter dem Bodtländer-Haus, das sie beide aus ihrer Schulzeit kannten, fand er im Dunkeln die Gattertür zum Obstgarten, und in diesem Bungert sagte er nur »Jettche!«, bevor er sie gegen den alten Apfelbaum schob, der von den Windjahren geneigt war und ihren Rücken stützte. Schräg nach hinten lehnte sie am Stamm.

Sie wehrte sich nicht, als Gustav das Mieder aufknöpfte und sein Gesicht zwischen ihre Brüste presste. Sie war überrascht von seiner Heftigkeit, die sie ihm nicht zugetraut hatte. Aber sie mochte die Gier, mit der er sie wollte, und dachte, es sei jetzt an der Zeit.

Sie hatte manchmal davon geträumt, Jakobs Frau zu werden. Als Gustav sie nahm, musste sie lachen, weil ihr einfiel, dass sie wenigstens von Jakobs Bruder genommen wurde. Gustav glaubte, dass sie lachte, weil ihr gefiel, was er tat.

In der Zeit seit jener Nacht der Leckschmier-Kirb hatte Henriette Niem, die bald Schmieds Jettchen hieß und trotz alledem in jungfräulichem Weiß heiratete, erfahren, dass es zwei Arten der Liebe gibt: eine unerklärliche und eine erlernte. Die eine wollte von sich aus ewig sein, die andere gewann ihre Dauer von Tag zu Tag. Und das Glück, lernte sie, war nur für den Augenblick, das Unglück aber zog eine lange Spur.

Als das Bärbelchen gestorben war, schlossen Gustav und Jettchen sich zwei Tage lang mit ihrem Kind in ihr Zimmer ein.

Ob Hedwig sich die Treppe hinaufquälte und klopfte und bettelte; ob Margret Essen und Trinken vor die Tür stellte; ob Jakob gegen die Tür trommelte – sie öffneten nicht, sie schwiegen. Johann befahl Gustav zu öffnen und schlug mit der Faust auf die Klinke. Im Zimmer blieb es still. Das Essen war am Morgen nicht angerührt.

Am Abend des zweiten Tags drohte Johann, die Tür einzutreten. Als er keine Antwort bekam, winkelte er das rechte Bein an und trat mit dem Fuß neben die Klinke. Der Türrahmen splitterte, die Tür flog auf.

Gustav und Jette knieten nebeneinander auf dem Fußboden und sahen ihn ruhig an. Vor ihnen lag ihr in das Leinendeckchen gewickelte tote Kind.

Johann blieb verwirrt in der Tür stehen.

»De Saarg«, sagte er, »de Saarg fir et Bärbelsche is unne in de Stubb.«

Weil sie nichts antworteten, setzte er hinzu: »Lewe misse mer all, der Herrgott wees es, wieso.«

Die Särge wurden in der Kapelle aufgestellt, die Schabbacher drängten sich in dem kleinen Gotteshaus, sie froren vor Trauer.

Jakob sah sich um. Lena war nicht gekommen. Hedwig hatte vor zwei Tagen dem Postreiter eine Nachricht nach Zell mitgegeben.

Pastor Binz waren die Trostworte ausgegangen. Er betete um das Ende der Plagen, und die Gemeinde betete stumm mit ihm, obwohl vielen in diesem Winter der Glaube an einen gütigen Gott schwerfiel.

Sie sangen die zwölfte Strophe des evangelischen Lieds *Befiehl du deine Wege*:

»Mach End, o Herr, mach Ende
mit aller unsrer Not;
stärk unsre Füß' und Hände
und lass bis in den Tod
uns allzeit deiner Pflege
und Treu empfohlen sein,
so gehen unsre Wege
gewiss zum Himmel ein.«

Margret musste beim Singen husten und presste ihr Taschentuch vor den Mund. Als sie es wegnahm, sah sie Blut. Sie verbarg das Tuch im Ärmel ihrer Winterjacke und blickte zu einer Marienfigur in rotem Mantel und blauem Kopftuch auf, die im dreizehnten Jahrhundert in einer Mauernische der Apsis aufgestellt worden war und dort den Bildersturm der Reformation überstanden hatte; vielleicht, weil die Schrift auf ihrem Sockel für viele Mütter sprach, die keine Worte für ihre Trauer fanden:

Groß wie das Meer ist mein Schmerz.

Am Tag vor der Aussegnung der Kinder hatten die Männer mit Spitzhacken aus dem gefrorenen Boden kleine Gräber gekratzt und geschlagen. Erst eine Elle tief kam Erde, die man mit dem Spaten ausheben konnte.

Die Väter traten vor, um die Särge aufzunehmen und aus der Kapelle zu tragen. Da rief Gustav: »Noch nit!« Man blickte zu ihm hin.

Er ging mit Jette zum Altar vor und erklärte mit fester Stimme, Jette und er hätten beschlossen, auszuwandern. Sie wollten das jetzt allen sagen, nur damit es jeder wisse. Nichts mehr könne sie in diesem Jammertal halten.

»Der liewe Gott, Herr Pfarrer, der hat unsern Hunsrück eefach vergess.«

Die Gemeinde blieb stumm. Nicht, weil man Gustavs Erklärung vorausgesehen hatte. Es waren die Schwäche, die Gliederkälte, die Trauer: Jeder hatte sich in sich selbst verkrochen und nahm still hin, was kam.

Nur Jakob öffnete den Mund. Doch auch er sagte nichts. Ohne einen Laut wandte er sich um und drängte sich zum Ausgang durch.

Draußen legte er den Kopf in den Nacken, schloss die Augen und atmete tief. Die eisige Luft schnitt in seine Kehle. Er beugte sich nach unten, nahm eine Handvoll Schnee und rieb sich das Gesicht ab. Der Schrei, der in ihm wuchs, kam nicht heraus. Er wurde zu einem unveränderlichen, verborgenen Schmerz, den er von nun an in sich trug.

Hinter ihm öffnete sich die beiden Flügel der Kapellentür. Der schwarze Trauerzug mit den weißen Kindersärgen bewegte sich zu den Gräbern, die Mütter weinten, die Väter hatten versteinerte Gesichter.

Jakob weinte um seinen gestohlenen Traum.

* * *

Lena trat leise in die Stube ein.

Die Verstoßene kam nach Hause.

Sie trug das schlafende Gretchen an ihrer Schulter. Hannickel schlief in der Kutsche bei seinem Vater, der nicht mit ins Simonhaus kommen wollte.

»Geh du nur und ruf mich, wenn was is.«

Hedwig hatte mit den Vorbereitungen für das Abschiedsessen begonnen.

Sie hatte den Fleischwolf mit der Zwinge an der Kante des Küchentischs befestigt, hinter die Lochscheibe eine Schüssel gestellt, und jetzt drehte sie gekochte Kartoffeln durch, dann Zwiebeln, zwei Stücke gegartes Schweinefleisch und Rindfleisch, eine große Seite Räucherspeck. Danach würde sie die Grumbierewurscht noch mit Bohnenkraut, Salz und Pfeffer würzen, den Ofen anheizen und zwei Einmachgläser voll im Rohr erhitzen. Die Konserven gab sie den Auswanderern mit auf die Reise. Das meiste aber kam in einen großen Topf, in dem die Kartoffelwurst zum Abendessen gekocht wurde.

Der Unkel saß am Fenster und schnitzte an einem Heurechen. Die Späne fielen auf den Boden, er schob sie mit dem Schuh zusammen und verbarg sie unter der Sohle.

Margret war aufgestanden. Sie kam vom Abtritt zurück, wusch sich die Hände am Trog und zog ihre Kittelschürze an.

»De Jakob soll vom Leyendecker zwee Kanne Bier hole«, sagte sie.

Hedwig sah sich nicht nach ihr um. »Bisch wieder gesund?«

»Ei jo«, gab Margret zurück und bückte sich nach dem großen Eisentopf unter dem Waschtrog.

Da entdeckte sie ihre Tochter.

Sie richtete sich auf.

Wie angewurzelt blieb sie am Trog stehen und wischte unaufhörlich ihre Hände an der Kittelschürze, die Innenflächen, die Außenseiten.

Dann kamen die Tränen.

Noch immer hatte Hedwig nichts bemerkt, sie drehte weiter die Kurbel des Fleischwolfs.

Lena kam auf ihre Mutter zu und legte ihr das Kind in die Arme.

»Det is unser Gretche. De Hannickel is beim Walter in de Kutsch.«

»So e schee Mädche und dau bist nau so e schee Frau worre.« Margret konnte vor Tränen kaum sprechen, der Schmerz all der Jahre kam heraus: Sie hatte sich immer vorgeworfen, dass sie aus Angst und Gehorsam gegenüber Johann ihre Tochter im Stich gelassen hatte.

Hedwig wandte sich um und erkannte Lena.

»Lenche«, schluchzte sie leise, »eich hab ja gewisst, dass dau kemscht.«

Sie hatte die Hände voller Fett und Kartoffelmus und konnte ihre Enkelin nicht umarmen.

Jetzt kamen Lena die Tränen, und als Gustav und Jakob gleichzeitig eintraten, fanden sie die drei weinenden Frauen und das Gretchen in Margrets Armen greinend vor, weil die allgemeine Herzensbewegung das Kind geweckt hatte.

Jakob lief auf Lena zu und schlang seine Arme um sie. Gustav stand daneben, zögerte, streckte dann die Hand nach seiner Schwester aus. Sie ergriff sie, spürte, dass er bei Gretchens Anblick an sein totes Bärbelchen dachte, und so zog sie in ihrer Hilflosigkeit seine Hand an sich und küsste sie. Gustav war so verblüfft, dass er stillhielt.

»De Vadder, dau musst de Vadder sehe!«

Bevor Lena etwas einwenden konnte, hatte Gustav seine Hand zurückgezogen und war hinausgegangen, um Johann in der Schmiede zu sagen, dass seine Tochter zurückgekehrt sei.

Im Hof kam ihm Jette entgegen und fragte, ob es wahr sei: Lena sei gekommen?

Er nickte und deutete ins Haus zurück, aus dem Jakob trat, um seinen Schwager Zeitz und dessen Sohn Hannickel aus der Kutsche zu holen.

Er begegnete Jettchen, die stehen blieb und ihn auf eine Weise ansah, die er kannte: Es war der Blick von damals, als sie am blühenden Leinfeld gestanden und befürchtet hatten, dass Margret sterben werde. Der gleiche vertraute, sehnsüchtige Blick. Diesmal verstand er und lächelte sie an.

Die Schmiede war leer. Die Esse kalt. Gustav ahnte, wo sein Vater jetzt war, doch er durfte ihr Geheischnis, die Suche nach dem Goldschatz des Schinderhannes, nicht preisgeben. Also würde er der Familie sagen, dass Johann verschwunden sei und er selbst ihn suchen werde.

Er schloss die Schmiede von außen ab und hörte seinen Namen.

Florinde hatte unterm Vordach auf ihn gewartet.

Sie hielt ihm ein Säckchen aus blauem Tuch entgegen, dessen Zipfel verknotet waren.

»Der is for eich. Et is Erd von do. Unser Erd. Vom Wald. Damet dau us nit vergisst.«

Gustav nahm den Beutel Erde in beide Hände. Er war bewegt von Florinchens Fürsorge. Sie fragte, ob er das Herzscheibchen noch habe, das sie ihm vor fast sieben Jahren, nach dem Leichenims für den Schliffer Niem geschenkt hatte. Und er sagte, wie es war: Dass er das Herzscheibchen weitergeschenkt habe an Jettchen, in der Nacht, als das Bärbelchen auf die Welt gekommen war.

Florinde schwieg. Dann entschloss sie sich.

»Dau hoscht et richtig gemaat.«

Sie klang eher tapfer als überzeugt, doch Gustav hatte für die Stimmung kein Ohr. Er erklärte Florinchen, dass er jetzt den Vater suchen müsse, es werde ja bald dunkel, und Margret sei in Sorge.

Jette hatte Lena nur kurz begrüßt. Sie ertrug den Anblick des kleinen Gretchens nicht, entschuldigte sich, sie habe oben in der Truhe noch etwas vergessen.

Langsam lief sie durch die oberen Zimmer und betrachtete die Gegenstände, die sie jeden Tag in der Hand gehalten hatte, ging von Fenster zu Fenster und sah hinaus, als wolle sie sich die Blicke einprägen. Sie streifte mit den Fingerspitzen leicht über die Möbel.

So nahm sie Abschied vom Simon-Haus, in dem sie Freude und unerträgliches Leid erfahren hatte.

Ihre Hand glitt am Treppengeländer entlang, als sie hinunter stieg in den halbdunklen Flur. Sie trat zur Tür hinaus und wandte sich zum Ortsausgang, ihre Schritte waren langsam, tastend, als würde sie von einem Traum geführt.

Jakob kam mit zwei Kannen Bier vom *Roten Hirsch* zurück und erfuhr, dass Gustav den Vater suchte, der offenbar nicht im Ort war. Auch Jette war nicht da.

Florinchen half Hedwig und Margret bei den Essensvorbereitungen, Lena saß mit Walter und Hannickel auf der Bank an der Wand. Gretchen schlief in ihrem Schoß. Am Tisch saßen, von Hedwig zum Essen eingeladen, Sophie Gent und ihre Tochter Margot.

Ihnen gegenüber hockte, neben dem Unkel, der gekrümmte Schneider aus Kirschweiler, Wenzel Molitor. Er hatte die bestellten zwei Pelerinen aus gummiertem Stoff für die Schiffsreise gebracht und gleich gerochen, dass es bei den Simons bald Grumbierewurscht zu essen gab.

Er setzte sich, um zu erzählen, wie schwierig das Schneidern der Übermäntel gewesen sei, wie sperrig der Stoff, und dass er besonders haltbare Nähte gefertigt hatte.

»Der feine Stich braucht doppelt Garn!«

Das war zwar einer seiner üblichen Sprüche, doch dieses Mal lud er sich damit offenkundig zum Essen ein. Niemand nahm es ihm übel, er hatte im Winter seine Frau verloren und war noch im Trauerjahr.

»Dau kannsch mit esse, Schneider Wenzel, awer was hot dein Bub dann for ze esse?«

»De Fritz is beim Pastor Binz ze Owendesse. – Eich kann aach gehe wanns net passt.«

Hedwig war zufrieden und erklärte die Sache für beendet:

»Et is besser, een Mund zu viel gess, wie een Wort zu viel gesproch!«

Jakob stellte die Bierkannen auf den Tisch und lief hinaus auf die Straße. Eine ihm selbst nicht erklärliche Unruhe hatte ihn ergriffen.

Die Dämmerung sank zwischen die Häuser. Der Planwagen stand fertig gepackt und wie ein großes dunkles Unheil vor dem Haus. Morgen früh kurz nach vier würde Frommholz seine Pferde bringen lassen, und dann –

Eine tiefe Sehnsucht nach Jette, wie er sie in den letzten Jahren nicht gekannt oder sich verboten hatte, ergriff ihn. Und plötzlich wusste er, wo er sie finden würde.

Bei ihrem Kind.

Gustav sah schon aus der Entfernung, dass etwas am Turm anders war als beim letzten Mal.

Vor dem Gang, den Johann während der letzten Jahre in die drei Meter dicke Mauer geschlagen hatte, lagen Schutt und Steine, und als Gustav näher kam, sah er, dass das Ende der Eisenstange, mit der sein Vater sich auf die Suche nach dem Schatz des Schinderhannes gemacht hatte, am Wiesenboden unter dem Steinhaufen hervorragte.

Das Loch in der drei Meter dicken Mauer war kaum mehr zu sehen, der Gang musste eingestürzt sein. Sofort fiel ihm der Morgen des Tages ein, als er vor Angst, seine Mutter könnte sterben, im Dorf nach Hilfe geschrien hatte. War jetzt sein Vater dem Traum vom Schinderhannes-Schatz zum Opfer gefallen?

Der eine Traum riss den anderen Traum von der Auswanderung mit sich, und wie heute Morgen war Gustav bewusst, dass an Aufbruch nicht zu denken war, wenn Johann tot war.

Mit bloßen Händen hob er Steine weg und schaufelte Sand und Schutt beiseite, rief immer wieder nach dem Vater, grub sich mühsam voran und spürte kaum, wie die Fingernägel einrissen, die Hände zu bluten anfingen und sich auf ihnen mit dem mehligen Mauerstaub ein rötlicher, schmierender Belag bildete.

»Gustav!«

Er hielt still. Jetzt hörte er seinen Namen noch einmal. »Gustav!«

»Jo, Vadder, eich kommen, eich kommen!«

Als er zu ihm vorgedrungen war, sah er, dass Johann sich ins Innere des Turms gerettet hatte, als der Gang einstürzte.

Von oben fiel das letzte Tageslicht ein. Johann lag mit staubbleichem Gesicht auf der Seite in einem Mulm aus Erde und vermodertem Holz, aus dem einige kümmerliche Gräser wuchsen und wo in der Mitte, wie eine unverwüstliche Hoffnung, die kleine Birke stand, die Gustav einst von der Mauerkrone des Turms aus gesehen hatte.

Johanns linkes Bein war unterhalb des Knies von einem schweren Quader aus der Innenseite der Mauer getroffen worden.

Gustav musste noch etliche Steine aus dem Gang räumen, bevor er seinen Vater ins Freie ziehen konnte. Vom Schinderhannes-Schatz sprach keiner von beiden.

»Eich han et doch bloß wisse wolle gehat.«

»Jo. Is gut, Vadder. Dat dau lewst.«

Sie saßen nebeneinander auf der Wiese und blickten nach Westen, wo über den Höhenlinien des Hunsrücks die Sonne untergegangen war und nun hinter dem Horizont hervor die Wolken aufglühen ließ und ihnen schmale goldene Ränder aufbrannte.

Die beiden Männer waren sich nie so nahe gewesen wie in diesem Augenblick. Gustav legte Johann den Arm um die Schulter, und zum ersten Mal spürte er die Schwäche seines Vaters, den er immer für einen unüberwindlich starken Mann gehalten hatte.

Jakob sah Jette vor dem Grab stehen. Zwischen den Fingern hielt sie etwas hoch gegen das letzte Glutlicht des Tages. Es leuchtete tiefrot.

Er blieb vor dem Gittertor des Friedhofs stehen. Das Dach der Kapelle hob sich schwarz gegen den Himmel ab, der in der Höhe auszukühlen begann. Eine letzte, fast helle Bläue trug hinter sich in der Tiefe schon den Raum der Nacht, und Jakob wurde sich bewusst, dass er die Dunkelheit herbeisehnte.

Jette beugte sich und wollte, was sie zwischen den Händen gehalten hatte, aufs Grab legen, als sie spürte, dass sie beobachtet wurde.

Sie wandte ihr Gesicht der Kirche zu. Dann drehte sie sich, sah Jakob am Tor stehen und richtete sich auf. Ihr Haar fing ein Licht ein, das nirgendwo sonst mehr zu sehen war.

Jakob öffnete einen Flügel des Tors, und Jette kam, als würde sie von dieser Öffnung ins Freie angezogen, auf ihn zu. Sie lief schweigend weiter, bis sie so nahe vor ihm stand, dass sie keinen Schritt weiter tun konnte, ohne ihn zu berühren.

Jakob zitterte.

Jette tat diesen einen Schritt.

Jakob wusste nicht, was mit ihnen beiden geschah, er war nur ganz in diesem Augenblick aufgehoben und wollte, dass jetzt alles außer ihnen beiden verschwand. Er nahm Jette an der Hand und zog sie fort, um die Mauer herum, ins Dunkel auf die Rückseite der Kapelle.

Jette lief mit geschlossenen Augen an seiner Seite. Einmal stolperte sie, er fing sie und spürte ihre Brust.

Sie sagten nichts.

Im Gras wurden sie hastig, als sei ihnen keine Zeit mehr gegeben. Nichts begann hier neu. Sie fingen ein, was sie seit Jahren versäumt hatten, sie holten sich gegenseitig aus diesen Jahren zurück in einen Augenblick, der alle selbstverbotenen Nächte zusammenballte und darum nichts mit dem wirklichen Tag, der Nacht, dem Morgen, an dem sie lebten und weiterleben würden, gemeinsam hatte.

Dann ließ die Stille sie frei, sie rief seinen Namen, sein Atem jagte ihren vor sich her, sie hielt ihn einen ewigen Augenblick mit all ihrer Kraft fest, und in Seufzern, die wie Jubel klangen, ermatteten sie langsam, holten Luft, mussten sich erinnern, wer sie waren, wie sie waren und wieder zu sein hatten.

Sie wussten, was sie von nun an verschweigen mussten. Auch voreinander.

Am Tor des Kirchhofs drückte Jette ihm das Herzscheibchen in die Hand.

»Eich wollts em Bärbelche aufs Grab gewe. Awer nau will eich, dos dau es hast. Jetz mach fort.«

Sie lief auf den Friedhof zum Grab ihrer Tochter zurück.

Margret und Hedwig schrien auf, als Johann, auf Gustav gestützt, in die Stube humpelte. Er weigerte sich, in den Alkoven gelegt zu werden. Der Unkel brachte eine Schüssel Wasser. Margret wusch ihm das Gesicht, Hedwig zog ihm die staubige Jacke aus. Die Hose war mit der Beinwunde verklebt und musste aufgeschnitten werden. Sophie Gent schickte ihre Tochter ins Nebenhaus, um Verbandmull, ihre Wundtinktur und Leinenbinden zu holen, wusch den klaffenden Muskelriss mit Wasser aus und gab, wie sie es auch mit den niederkommenden Müttern machte, Johann ein halbes Wasserglas von dem Trester-schnaps zu trinken, mit dem sie die Wunde desinfizierte.

Seine Schmerzen ließen langsam nach.

Als er von sich absehen und seine Umgebung wahrnehmen konnte, fiel sein Blick auf Lena mit Gretchen, Hannickel und Walter Zeitz.

Als ob er seinen Kopf nicht mehr aufrecht halten könnte, senkte er sein Gesicht. Alle in der Küche schwiegen. Die Spannung legte sich auf jeden im Raum. Lena stand auf und legte sich ihr Töchterchen an die Schulter. Gretchen erwachte. Margret und Hedwig blieben hinter Johann stehen. Sie hatten Angst vor seiner Wut. Neben seinem Bein kniete Sophie Gent und schloss die Wunde mit einem Verband.

Langsam ging Lena zu ihrem Vater und stellte sich vor ihn. Er hob seinen Kopf nicht. Der Schmiedhannes widerrief niemals, was er einmal gesagt hatte. Er kämpfte mit sich und wusste nicht, was er tun sollte.

Heute war er an seinem Traum gescheitert.

Johann Simon hatte, zum ersten Mal in seinem Leben, eine Niederlage gegen einfache Materie erlitten, gegen einen alten Turm aus Stein. Als er dort unter dem Mauerschutt gelegen hatte, waren ihm Bilder seines Lebens durch den Kopf gesprungen, und eines war immer wiedergekehrt: wie er Lena des kleinen Silberkreuzes wegen, das sie um den Hals trug, aus dem Haus gejagt und aus der Familie verstoßen hatte.

Seither war jener Augenblick wie ein Dorn in seiner Seele gewandert. Doch er hatte sich nie eingestanden, falsch gehandelt zu haben.

Auf dem Weg durch die düstere und bald nachtschwarze Landschaft, durch die Gustav und er zielsicher nach Hause gefunden hatten, waren seine Schmerzen stärker geworden. Und wieder kehrten die Gedanken an Lena zurück, verbanden sich mit den Schmerzen, die auf der letzten Wegstrecke sein ganzes Bein erfassten.

Und nun stand seine Tochter still vor ihm, wie eine Marienfigur mit ihrem Kind im Arm. Ohne Ärger in den Gesichtszügen, nur voller Erwartung.

Jakob trat in die Tür. Ihm war recht, dass er kaum bemerkt wurde. Der Unkel winkte ihm zu und legte den Finger vor den Mund.

Der Schnaps, den die Gent Sophie dem Schmied zu trinken befohlen hatte, tat seine Wirkung: Johann gab nach, richtete sich auf und blickte Lena in die Augen.

»Zeich her«, sagte er, und sie legte ihm ihre Tochter in die Arme. Das Kind sah ihn still an. Er betrachtete das Gesichtchen.

»Un wie heest et?«

»Dau weest, et is et Gretche.« Lena hatte keine Furcht in der Stimme. Sie fühlte, dass ihr Vater einen Weg zu ihr suchte.

Er legte sich das Mädchen an die linke Schulter.

»Jo, et is Simon«, sagte er, »un dei Sohn, er soll her.«

Walter Zeitz schickte Hannickel zu ihm. Ängstlich stand der Junge von der Bank auf und trat vor seinen Großvater. Johann legte ihm die rechte Hand auf den Kopf. Lena sagte: »Hannickel.«

Der Schmiedhannes nickte. Dann sagte er wieder nur: »Simon.«

So wortkarg fügte Johann Simon seine Familie wieder zusammen, die er vor sechs Jahren durch seine Wut auf die Papisten zerrissen hatte. Er gab Lena das Gretchen zurück und blickte zum Vater der Kinder hinüber.

Walter Zeitz stand auf, ging auf den Schmied zu und streckte ihm die Hand hin. Er zögerte kurz, stieß dann hervor:

»Vatter, et muss emal gut werre!«

Hannickel blickte zwischen seinem Vater und seinem Großvater hin und her und versuchte zu verstehen, was zwischen den beiden vorging.

Der Schmied sah dem Winzer lange stumm ins Gesicht. Dann reichte er ihm die Rechte und sagte so leise, dass nur Walter und Lena ihn verstanden: »Et is mer leed.«

Die Spannung, die alle ergriffen hatte, löste sich. Hedwig hob den großen Topf mit der fertigen Grumbierewurscht vom Ofen und stellte ihn auf den Tisch.

Schneider Molitor aß schon die zweite Portion zum dritten Krug Bier, als Jette zurückkehrte. Jakob senkte den Blick auf seinen Teller.

Niemand fragte nach, warum sie so spät kam. Es genügte, dass sie von sich aus erzählte, sie sei noch am Grab von Bärbelchen gewesen. Man musste ihr von Johanns Unfall berichten und dass doch noch alles gut ausgegangen war, wenn man bedachte, was alles hätte passieren können.

Sie hatte wenig Hunger. Hedwig meinte, das sei die Aufregung vor der Abfahrt morgen früh. Sie selbst jedenfalls werde keine Auge zumachen können heute Nacht.

Dann solle sie eben noch ein Bier trinken, empfahl Margret. Sie wusste, das sie selbst keine Ruhe finden würde.

Eine unruhige Nacht war es für alle Simons.

Gustav las beim Schein der Öllampe noch einmal die Papiere durch, die er in einer Ledertasche aufbewahrte. Die Pässe, die Entlassungsurkunden aus der Preußischen Staatsbürgerschaft, die Leumundszeugnisse für ihn und Jette, die Agenturbestätigungen der Schiffspassage von Rotterdam nach Rio de Janeiro und weiter nach Porto Aleghre, die Passagierbriefe der *Dampfschifffahrtsgesellschaft für den Nieder- und Mittelrhein* bis Rotterdam und die Schenkungsurkunde des brasilianischen Botschafters in Berlin.

Er verstand nicht jeden Paragrafen, der in den Papieren aufgeführt war, doch er vertraute darauf, dass schon alles seine Richtigkeit haben werde.

Jakob wälzte sich, ohne Schlaf zu finden, in seinem Bett, er hatte Angst vor der Zukunft, sehnte sich nach Jette, fand sein Leben plötzlich so verworren, dass er glaubte, alles werde ihm misslingen, so, wie ihm die Auswanderung misslungen war.

Jette gab vor, das gesamte Gepäck auf dem Wagen noch einmal kontrollieren zu müssen, und hielt sich so von Gustav fern, bis der das Licht gelöscht hatte und sich für ein paar Stunden schlafen legte. Dann erst streckte sie sich neben ihm aus. Gewissensbisse, Zukunftsangst und die Erinnerung an Jakob ließen sie nicht einschlafen.

Johann wurde von seinen Schmerzen wach gehalten. Margret von ihrem Husten. Hedwig von ihren Sorgen um Gustav und Jette.

Für Florinchen hatte man ein Nachtlager auf der Bank in der Stube bereitet, wo sie schlaflos lag, mit ungeordneten Gedanken an ihre Zukunft.

Nur der Unkel schlief in seiner Dachkammer sorglos und tief.

Walter Zeitz hatte für seine Familie ein Zimmer im *Roten Hirsch* genommen. Lena war noch immer so sehr bewegt von der Rückkehr nach Schabbach und von der Entschuldigung ihres Vaters, dass ihre Aufgeregtheit sich auf Gretchen übertrug, die mit ihrem Greinen und Schreien auch Hannickel und den Vater wach hielt.

Um halb fünf, die Nacht fing an auszubleichen, und im Osten wuchs der Wald als schwarze Grenze gegen den grauen Himmel, kam der Fuhrknecht des Bauern Frommholz und brachte die beiden Rosse, schirrte sie vor dem Planwagen ein und führte die Zügel zum Kutschbock hoch.

* * *

Sie sangen nicht schön, doch zur rechten Zeit und mit Gefühl.

Nauert und Bodtländer, Leyendecker, Florinchen und der Unkel. Sogar Frommholz, bei dem Gustav für die Reise Geld geliehen hatte, war gekommen. Sie stellten sich vor der Schmiede auf, einigten sich ungefähr auf eine Tonart und sangen, vom Schreien der Schabbacher Hähne begleitet:

»Nun ade, du mein lieb' Heimatland,
Lieb' Heimatland, ade!
Es geht jetzt fort zum fernen Strand,
Lieb' Heimatland, ade!
Und so sing ich denn mit frohem Mut,
Wie man singet, wenn man wandern tut,
Lieb' Heimatland, ade!

Wie du lachst mit deines Himmels Blau,
Lieb' Heimatland, ade!
Wie du grüßest mich mit Feld und Au,
Lieb' Heimatland, ade!
Gott weiß, zu dir steht stets mein Sinn,
Doch jetzt zieht mich's zu der Ferne hin,
Lieb' Heimatland, ade!

Begleitest mich, du lieber Fluss,
Lieb' Heimatland, ade!
Bist traurig, dass ich wandern muss,
Lieb' Heimatland, ade!
Vom moos'gen Stein am wald'gen Tal,
Da grüß ich dich zum letzten Mal,
Lieb' Heimatland, ade!«

Der Morgen hob sich mit klarem Licht über Schabbach, und als Gustav und Jette und Jakob bereit waren, abzufahren, spannte sich wolkenloses Blau über ihnen, ein Bild grenzenloser Freiheit.

Für Johann hatte der Unkel einen Stuhl neben die Haustür gestellt. Gustav kniete vor dem Vater und erbat seinen Segen. Der Schmied kaute seine Tränen weg und strich seinem Sohn mit der Hand über den Scheitel. Auch Jette erhielt Johanns Segen. Aus dem Nebenhaus kam die Hebamme, Margotchen humpelte hinter ihr her. Sophie Gent gab Jettchen eine kleine Flasche von ihrem Brustöl mit auf die Reise.

Jakob hielt einen ausführlichen Abschied für überflüssig. Er würde ja den Planwagen vom Rhein zurückbringen und schon morgen wieder in Schabbach sein. Er reichte seinem Vater die Hand, umarmte Margret und

Hedwig, winkte den anderen und schwang sich hoch auf den Kutschbock. Er hatte große Lust zu fahren, so als sei er der, der in die Ferne zog.

Es dauerte, bis Gustav alle umarmt hatte. Florinchen hielt ihn einen Augenblick zu lang fest. Jette suchte mit ihren Blicken die Straße nach ihrer Mutter ab, doch Lotte kam nicht.

Im letzten Augenblick rannte Lena, in Tücher gehüllt, aus dem Gasthaus herbei. Die Familie war frühmorgens endlich eingeschlafen, als alle anderen im Dorf aufstanden. Sie bat Gustav, auch ihr zu schreiben. Jette sagte es zu.

Die Pferde zogen an, und der Wagen rollte sanft schaukelnd die Dorfstraße hinaus. Erst als er kleiner und kleiner wurde und das Rumpeln seiner Holzräder nicht mehr vernehmbar war, fing Margret an, laut und hemmungslos zu weinen.

Hedwig und Florinchen umarmten sie und versuchten, sie vor dem Schmerz, der in ihr brannte, zu schützen.

Doch Margret hatte da schon angefangen, sich in den Tod zu weinen. Und sie wusste es.

In Kirschweiler wartete Pastor Binz neben zwei weiteren Wagen, um den Auswanderern seinen Segen zu spenden. Und hier, wo die Abschiede wie in allen Dörfern Familien zertrennten, stand Lotte Niem mit ihrem neuen Gesellen, um Jettchen Adieu zu sagen.

Sie stellte den Schliffer als Heinrich Butterling vor. Er war Anfang dreißig, hatte ein vierschrötiges Aussehen und roch nach Schnaps, man wusste nicht, ob noch von der Nacht oder schon vom Morgen. Jette gab ihm nicht die Hand. Sie küsste ihre Mutter auf die Wange. Lotte roch nach Wein, vielleicht hatte sie aus Angst vor dem Abschied getrunken.

»Es Johannettche tut eich beschütze, vom Himmel drowe, eich wees es.«

Jette nickte tapfer. Es war, wenn nicht ein Wunder geschah, das letzte Mal, dass sie ihre Mutter sah.

Pastor Binz nahm sie beiseite und flüsterte: »Die Heilich Schrift soll eisch immer tröste.«

Er hatte die Lutherbibel, die er ihr zusteckte, in ein Stück weißes Leinen eingeschlagen.

»Damit der Gustav widder zum Glauwe finde ko.«

In sechs weiteren Dörfern auf der Strecke nach Bacharach am Rhein stießen hoch bepackte Wagen zu ihnen, und als der Nachklang der Abschiede sich langsam verloren hatte, besannen sich die Auswanderer auf ihre Hoffnung, auf ihre Zuversicht, auf das neue Leben, das vor ihnen lag.

Auf den Kutschböcken wurden die Lieder angestimmt, die seit Jahren von denen gesungen wurden, die auszogen, ihr Glück zu machen.

Im führenden Wagen klang zur Melodie *Auf, auf zum fröhlichen Jagen* die erste Strophe des *Brasilienlieds* auf.

»Wir treten jetzt die Reise
Zum Land Brasilien an.
Sei bei uns, Herr, und weise,
Ja mache selbst die Bahn.
Sei bei uns auf dem Meere,
Mit gnadenreicher Hand,
So kommen wir ganz sicher
In das Brasilienland.«

Der nächste Wagen übernahm die zweite Strophe:

»Durch Gott sind wir berufen,
Sonst käm's uns nie in Sinn.
So glauben wir und wandern
Auf sein Geheiß dahin.
Gott führt uns auf dem Meere
Mit seiner Vaterhand,
So kommen wir ganz sicher
In das Brasilienland.«

Und so ging es weiter, von Wagen zu Wagen durch den ganzen Treck.

»Gott schütz Brasiliens Kaiser,
In seinem Lebenslauf.
Und kröne ihn mit Segen,
Er nimmt uns willig auf.
Er will uns auch beschützen
Mit gnadenreicher Hand,
So gehen wir mit Freuden
In das Brasilienland.

Jetzt geht das Schiff ins Meere
Bald ist es in dem Lauf,
So falten wir die Hände,
Zu Gott seh'n wir hinauf.
Er wolle uns beschützen
Mit seiner Vaterhand,
So sind wir froh und fahren
Jetzt nach Brasilienland.

Willkommen, spricht der Kaiser,
Willkommen seid ihr mir.
Ihr sollt Anteil bekommen
An meines Lands Revier.
Ich will euch wohl beschützen
Mit gnadenreicher Hand,
Ihr meine Unterthanen
In dem Brasilienland.

So sind wir nun verbunden
In das Brasilienland.
Ach, Vater, bleibe bei uns
Mit deiner Vaterhand.
Versorge uns mit Nahrung,
Sei bei uns in der Not,
Verlass uns nicht in Leiden,
Verlass uns nicht im Tod.«

Im nächsten Wagen wurde ein neues Lied begonnen, dessen Verse setzten sich weiter nach hinten fort und sprangen zugleich nach vorn zur Spitze des Zuges.

»Leb wohl, geliebte Heimat du,
ich zieh dem fernen Meere zu
und weit in fremdes Land hinein.
Leb, Heimat, wohl, vergiss nicht mein.

Vertrieben aus der Väter Haus,
zieh'n in die kalte Welt hinaus.
Das macht dem Herzen schwere Pein
Leb, Heimat, wohl, vergiss nicht mein.«

Gustav, der das Lied nicht auswendig kannte, schwieg. Doch Jette und Jakob sangen umso lauter.

»Vergiss nicht, Freund, nicht so geschwind,
bleib mir getreu, mein holdes Kind.
Es muss, es muss geschieden sein.
Leb, Heimat, wohl, vergiss nicht mein.«

So entstand im Zug der Auswanderer keine einheitliche Melodie, bald hatte jeder Pferdewagen sein eigenes Lied, seine eigene Strophe, doch über dem ganzen Treck und seinem staubigen Dunst erklang ein widerstreitender Chor aus Abschied und Zuversicht, Trauer und Freude.

»Und wenn mein Fuß im Lande steht,
wo's armen Leuten bessergeht:
Auch dort denk ich in Liebe dein –
Leb, Heimat, wohl, vergiss nicht mein.«

Schon beim ersten Halt, gegen Mittag, als die Pferde getränkt und gefüttert wurden, sprach sich herum, dass Jakob einige indianische Wörter und Sitten kannte, und so musste er Gustav die Zügel übergeben und bei anderen Familien aufsitzen, um ihnen zu erklären, dass *Tamoi* Großvater hieß und sich alle nach ihm zu richten hatten, dass neben seinem Haus das *Opy Guaçu* stand, so etwas wie die Kirche der Indianer.

Man gab ihm zu essen und zu trinken, und er erklärte, dass das Brot, das die Weißen aßen, bei den Guarani-Indianern *Tupi* hieß, was aber auch der Name für Bohnen war. Auch kannten sie eine Art Erntedankfest, das *Nheemongarai*, das zugleich das Wort für die Taufe eines Kindes war. *Ava* hieß Mann, das Wort für Frau hatte er nicht herausfinden können. Und das Gebiet, in dem sie lebten, das man nicht ohne Einladung betreten durfte, hieß *Tekoha*. Einige Stämme waren dauernd unterwegs, sie nannten dieses Reisen *oguata*. Sie kannten auch eine Art Bier, das bei den einen *Kaaguy*, bei den anderen *Chicha* hieß, und wenn es aus Maniok gebraut wurde, *Karaku*. Sie bauten Getreide an, *Avati moroti* und Maniok, *Mandi'O*, außerdem süße Kartoffeln, *Jeti*, und Zuckerrohr, *Takuare'e*, und die Frauen buken eine Art Weizenfladen, *Chipa*.

Er konnte stundenlang erzählen und mit den Auswanderern die Vokabeln üben. Manche schrieben sich die Wörter auf, und alle bedauerten, dass er nicht mit ihnen aufs Schiff kam, wenigstens bis Rotterdam.

Er verschwieg, dass er sich seit seiner frühen Jugend gewünscht hatte, nach Brasilien zu fahren; dass sein Bruder Gustav, der nun auswanderte, ihn damals verspottet hatte als Spinner; und dass Gustav ihm seinen Traum gestohlen hatte.

Nun würde er sehen müssen, wie er in Schabbach zurechtkam.

Die Mutter krank. Der Vater verletzt – und auch wenn die Wunde heilen sollte: In der Schmiede würde Johann nicht so arbeiten können wie bisher. Für die Feldarbeit fiel er aus. Wie lange Hedwig noch das Haus besorgen konnte, wusste niemand. Margret würde nicht mehr gesund werden. Und dann war noch der Unkel zu versorgen.

Als am Rhein das Auswanderergepäck auf ein Dampfschiff verladen war und diejenigen, die die Wagen zurückfahren mussten, von denen Abschied nahmen, die bald endgültig der Ferne gehörten, wünschten die Brüder Simon einander Glück und Gottes Segen. Sie umarmten sich nur kurz, so, als wollten sie es schnell hinter sich bringen.

Jette hielt Jakob bei der Umarmung länger fest und presste sich an ihn. Er schob sie mit sanfter Gewalt von sich weg, wandte sich um und ging zu seinem Planwagen. Sie rief seinen Namen. Er drehte sich nicht um, stieg auf und zog die Zügel an.

Den Wald, in dem er auf einer Lichtung seitlich des Fahrwegs übernachtete, kannte er nicht. Die Pferde waren ausgeschirrt und an langer Leine zwischen zwei Bäumen versorgt. Jakob aß etwas Brot und trank aus dem Deckelkrug, den Hedwig ihm mitgegeben hatte. Er hatte Wasser erwartet, doch die Großmutter hatte ihm Bier mitgegeben. Er musste lachen.

An jene Nacht im Wald, in der er auf dem Rücken lag und zwischen den Baumkronen den Sternenhimmel sehen konnte, dachte er später noch oft zurück. Denn unvermutet hatte er das Gefühl der Angst vor seinem künftigen Leben verloren, es schien ihm angesichts der Sterne nicht mehr unüberschaubar, nicht mehr verworren zu sein. Etwas wuchs ihm aus dieser Nacht zu, das ihn glücklich machte und ihm neue Zuversicht gab.

Sonnenstrahlen, die zwischen dem Blattwerk der Bäume auf ihn niederfielen, weckten ihn. Er hörte die Gesänge der Vögel, atmete die Morgenluft des Waldes tief ein, fühlte sich erfrischt und voller Tatendrang. Ihm schien, dass er jetzt erst ein Mann geworden war.

Das Jahr, das kam, prüfte ihn.

Im Juli wollte das preußische Militär ihn zum Dienst einziehen. Bittbriefe vom Lehrer Bodtländer, von Pfarrer Binz, vom Ortsvorsteher Frommholz gingen nach Koblenz, von dort nach Berlin: Die Familie würde unabwendbar verhungern oder ganz der Gemeinde zur Last fallen.

Die Schreiben bewirkten, dass man den einzigen Sohn des schwer verletzten Schmieds Johann Simon vorerst vom Dienst befreite.

Die tiefe Fleischwunde des Vaters heilte langsam. Johann lernte seinen Sohn an der Esse an. Jakob, in den früheren Jahren lustlos als Helfer am Blasebalg beschäftigt, begriff schnell, was zu tun war. Er machte sich daran, Gustavs Dampfmaschine Stück für Stück wieder instand zu setzen. Es würde lange dauern, bis sie wieder lief, aber irgendwann würde sie gute Dienste tun.

So wurde in einem Jahr aus Jakob, dem Träumer, Jakob, der Schmied.

Weil Margret kaum mehr etwas im Haus tun konnte und Hedwig immer häufiger beim Flachsspinnen, beim Nähen, ja sogar beim Kartoffelschälen einschlief, machte der Unkel ihn aufmerksam, dass es Zeit sei, eine junge Frau ans Haus zu binden. Margret hatte ihm schon lange geraten, Florinchen Morsch zur Frau zu nehmen.

Es komme nicht auf die Liebe an, sondern auf das, was für Haus und Familie richtig sei.

Widerstrebend entschloss sich der Schmied Jakob, Florinchen zu fragen. Sie war ohnehin fast jeden Tag im Haus und schlief dann in dem Zimmer, das Gustav und Jette gehört hatte. Seit deren Abreise hatte es sich so ergeben, dass Florinde nur noch selten nach Hause in die Gerberei ging, weil sie die Schwermut ihrer Eltern nicht ertrug.

Und als Johann begriff, dass die Morsch-Tochter wohl länger bleiben würde, reparierte er die Zimmertür, die er eingetreten hatte.

Florinde hatte darauf gewartet, dass Jakob ihr die Frage stellte, die sie damals gerne von Gustav gehört hätte.

Ohne sich besinnen zu müssen, sagte sie ja, und am selben Abend noch teilten sie es am Tisch der Familie mit.

Johann, Hedwig, Margret und der Unkel waren weder erfreut noch überrascht, sie nahmen es hin wie etwas, das sie schon lange gewusst hatten.

Die Morschs erfuhren erst eine Woche später, mit wem sie künftig verschwägert sein würden.

Für eine große Sommerhochzeit war kein Geld da. Doch Hedwig kochte auf, Nachbarn brachten dafür Fleisch und Gemüse, die Burschen aus Schabbach und den Nachbardörfern schossen in die Luft, im *Roten Hirsch* fand eine Schlägerei statt, von der nachher niemand wusste, worum es eigentlich gegangen war, und es gab hinreichend Wein, dass Lotte Niem sich betrinken konnte.

Ihr Geselle Butterling war nach wenigen Wochen davongelaufen und hatte einige besonders schöne Achatscheiben mitgenommen. Die Schleife stand still, rasch waren alle Steinvorräte, die Fürchtegott Niem angelegt und gehütet hatte, in Geld und Wein umgesetzt. Jakob ahnte, dass die Schwiegermutter seines Bruders bald am Simon-Tisch sitzen und im Simon-Haus wohnen würde.

Tatsächlich gelang es Lotte im August, die Schleife an einen Pfuscher zu verkaufen, der sich dadurch zum ehrbaren Schliffer zu machen wusste. Den Acker der Niems behielt sie, und so hatte Jakob mit dem Simon-Feld, dem

Niem-Feld und dem halben Morsch-Feld, das Florinchens Eltern ihr als Mitgift gaben, elf Hektar Land. Genug, um die Familie zu ernähren.

Nach der Hochzeitsnacht, in der Florinde Simon lachte, weil ihr einfiel, dass sie nun wenigstens Gustavs Bruder zum Mann bekommen hatte, legte Jakob, der ihr Lachen für Lust und Freude hielt, ihr als Morgengabe das Herzscheibchen aufs Kopfkissen.

Sie fragte ihn nie, wie es in seinen Besitz gelangt war. Sie wollte es nicht wissen. Ihr genügte, dass der schöne Achatschnitt, den ihr einst Fürchtegott Niem geschenkt hatte, nach seiner langen Wanderung wieder bei ihr angekommen war.

Vier Monate nach Jakobs Hochzeit lag Hedwig morgens tot in ihrem Bett in der Aushaltstube. Florinchen fand die Greisin und betrachtete lange die entspannte Miene, die geschlossenen Augen und die gefalteten Hände. Hedwig hatte sich offenbar aufs Sterben vorbereitet und den Tod freundlich empfangen. Sie sah aus, als sei sie wissend ins Ungewisse gegangen – zwei Tage vor Weihnachten.

So wenig Schnee wie seit Jahren nicht. Als sie Hedwig zu Grabe trugen, lief ihr Sohn Johann, mühsam an Margrets Seite und auf einen Gehstock gestützt, hinter dem Sarg seiner Mutter. Er hätte nichts dagegen gehabt, an ihrer Stelle zu liegen.

Das neue Jahr, sagte Pastor Binz in seiner Predigt am ersten Januar, werde Gottes Segen über alle Menschen im Hunsrück aussenden, es werde sanft sein, auch für die Sünder. Die Gemeinde wartete auf seinen Spruch, und er sagte ihn wieder: »Alle Sünder Gottes Kinder!«

Binz behielt recht. Der Winter verlief ungewöhnlich mild, der Frühling begann schon Anfang März. Endlich schien die Natur die zerstörerische Wut der vergangenen Jahre vergessen zu haben.

Der Unkel sprach nicht mehr vom Weltuntergang. Und Margret lernte es, sich zu schonen. Florinchen übernahm die Herrschaft im Haus.

Jakob wollte seine Mutter allein zum blühenden Leinfeld tragen. Es war Juni geworden, der Hunsrück trug sein schönstes Grün. Vor einem Jahr waren Gustav und Jette aufgebrochen. Man hatte seither nichts von ihnen gehört.

Nach Johannes' Anweisung hatte Jakob einen *Hunsrücker Stuhl* geschreinert, der aus zwei Wangen bestand, jede ein langes, leicht gebogenes Stück Buchenholz für Lehne und Hinterbein, verzapft mit zwei Querhölzern und Vorderbein.

Die beiden Seitenrahmen wurden mit Brettern für den Sitz und den Rücken verbunden.

Jakob hatte zwei breite Lederbänder mit Schmiednägeln an den hinteren Ecken des Sitzbretts und außen an der Oberkante der Lehne befestigt. So bildeten sie Tragschlaufen, die er sich über die Schultern ziehen und an denen er den ganzen Stuhl mit der Lehne wie einen Rucksack tragen konnte.

Er hatte links und rechts Eisenstangen zwischen den oberen Ecken der Lehne und den Ecken der Sitzvorderkante montiert, um Margret seitlichen Halt und der Konstruktion größere Stabilität zu geben.

Margret weigerte sich.

»In den Rückestuhl, do kriechst dau dei Mutter net nei.«

Florinchen stimmte ihr bei. »So en Stuhl hat's noch nie wo gewe!«

Doch an jenem Dienstag im Juni, an dem Jakob seine Mutter Margret Simon, geborene Veeck, zum letzten Mal zum Blau des Leins tragen sollte, zwang er sie mit sanftem Druck in den Tragstuhl, den er mit der Lehne nach außen vor die Treppenstufen in den Hauseingang gestellt hatte; er ging davor in die Hocke, streifte sich die Lederschlaufen über die Schultern und hob seine allzu leicht gewordene Mutter mit dem Stuhl auf.

Sie gab einen leisen, hohen Ton des Erschreckens von sich, dann aber, als er mit ihr loslief, juchzte und kicherte sie, musste sogleich husten, und Jakob blieb stehen, bis sie sich beruhigt hatte. Dann lief er weiter und verließ mit ihr das Dorf.

Sie sah, zurückblickend, im schwankenden Auf und Ab seiner Schritte die Schabbacher Dächer und die Hügellinien dahinter tanzen.

Die Liebe zu ihrem Sohn wurde um den Dank vertieft, den sie jetzt für seine zärtliche Sorge empfand.

Sie spürte, dass ihr Herz schneller schlug und eine innere Eile in ihr anwuchs, die ihr fremd war, und sie fragte Jakob hinter sich laut, ob er den blühenden Flachs denn bald erreicht habe.

Als Jakob antwortete, sie seien nah am Feldrand, bat sie ihn, sich umzudrehen, denn sie wolle jetzt gleich das Blau sehen.

Er hielt an, drehte sich langsam auf der Stelle und blickte zurück auf das Dorf in der grünen Senke. Seine Heimat.

Margret aber sah, dass das blaue Leinfeld keine Grenze mehr zum Himmel hatte.

»Haschtes gesäh?«, fragte er.

Sie nickte.

»Haschtes gesäh?«, wiederholte er.

Laut sagte sie *ja* und wiederholte tausendmal *ja* und wunderte sich, dass er sie nicht mehr hörte.

Dann spürte sie, dass sie keine Last mehr für ihn war.

* * *

Margarethe Simon wurde im Juni 1844 zu Grabe getragen. Viele, nicht nur aus Schabbach, begleiteten den Sarg. Sie kamen sogar aus Simmern, weil Doktor Zwirner dem dort erscheinenden Heimatblatt die Nachricht noch am Datum des Totenscheins mitgeteilt hatte.

Bis zuletzt hatte Margret gehofft, eine Nachricht von Gustav zu bekommen.

Der Brief kam im September.

Er kam aus St. Cruz, der Postreiter rief ihn laut aus im Dorf.

Als die Nachricht bekanntwurde, versammelten sich vor dem Haus die Nachbarn. Sie wären gern in die Küche gekommen. Florinchen wusste, dass dann auch Schnaps fällig würde, und ließ es nicht zu.

Jakob saß am Kopfende des Tischs, brach das Siegel, entfaltete das Blatt und las seinem Vater, dem Unkel, Lotte Niem und seiner Frau Florinchen vor.

»Dem Jettche sei Schrift. Das muss des Jettche geschriewe hawe, dem Gustav seine kenn ich, die is e ganz annere.«

Florinde betrachtete sein Gesicht beim Lesen und fand darin eine Zärtlichkeit, die sie verwirrte.

Nach fast sechzig Tagen Überfahrt seien sie in Rio de Janeiro angekommen. Die Reise auf dem Ozean sei ruhig gewesen. Sieben Kinder und drei Erwachsene an Bord seien gestorben und dem Meer übergeben worden. Der Koch habe gegen Bestechung für einige das versprochene Essen verdoppelt und dafür anderen trotz vertraglicher Vereinbarung nichts gegeben.

Man habe sie nach der Ankunft für Wochen in einem Sammelhaus untergebracht. Ihre Papiere seien nichts wert gewesen. Bis ein Agent ihnen nach Gustavs Beschwerde beim Gouverneur ein Schiff angewiesen habe nach Porto Aleghre. Dort eingetroffen, habe ein anderer Agent ihnen auf einer Landkarte ihren Grund und Boden gezeigt und die Besitzurkunden dafür ausgehändigt. Das sei aber größtenteils Urwald gewesen, ein kleines Stück wohl schon einmal bearbeitet, dann aufgegeben und wieder zugewuchert. Von morgens bis abends hätten sie schuften müssen, um dem Land Meter um Meter bestellbaren Acker abzuringen.

In einem Tag Entfernung gebe es ein Dorf. Auch Hunsrücker. Jetzt, nach einem halben Jahr sei alles besser. Das Vieh sei angekommen, Gustav habe vierzig Stück Rinder, siebzig Hektar Land, das Holzhaus, das sie sich gebaut hatten, habe eine abschließbare Tür, die Schlangen seien vertrieben. Indianer hätten sie noch keine gesehen. Auf dem Feld gebe es Drusen, aus denen schöne Achatschnitte geschliffen werden könnten. Bald würden sie welche schicken für die Niem-Schleife von Jettchens Mutter Lotte.

Es gehe ihnen gut, zwei Ar Weizen seien angegangen. Und am dreißigsten März habe Jette ein Töchterchen geboren, das sie Jakobinchen genannt hätten. Ein kräftiges, gesundes Kind, mit Gottes Hilfe werde es schon groß werden.

Jakobs Stimme versagte. Er schluckte und las den Rest:

Jettchen gab eine Postadresse in Porto Aleghre an, wohin man ihnen Briefe senden könne. Waren zu schicken habe keinen Sinn, alles würde unterwegs irgendwie von irgendwem gestohlen.

Unterzeichnet hatte Gustav.

Jakob stand auf, lief mit dem Brief in der Hand zur Haustür und teilte den Neugierigen draußen mit, Gustav und Jettchen seien wohlbehalten in Brasilien eingetroffen, hätten Land und Vieh bekommen, wie versprochen. Es gehe ihnen gut, sie hätten genug zu essen und seien gesund. Aber Indianer hätten sie nicht gesehen.

Florinde, hinter ihm stehend, rief den anderen zu: »Un se han e Mädche, un et heest Jakobinche!«

Sie wollte fröhlich klingen, doch sie übertönte nur ihre Tränen.

Der Friedhof lag unter dem milden, ockerfarbenen Licht des September, und die Kapelle leuchtete so warm, dass Jakob sich kaum mehr vorstellen konnte, was für ein eisiges Haus sie damals gewesen war, als die Kindersärge am Altar gestanden hatten.

Er stand an den Simon-Gräbern, Jettes Brief in der Hand. Florinde hatte er gesagt, er wolle hier allein sein. Sie hatte ihn schweigend angeblickt, dann gelächelt und leise gesagt: »Dau weisch, was gut is.«.

Er las die Schriften auf den Holzkreuzen:

Barbara Simon. Bärbelchen. 1841–1842

Hedwig Simon, geb. Kalckreuth, 1773–1844.

Margarethe Simon, geb. Veeck, 1794–1844

Er kniete sich vor Margrets Grab und legte den Brief zwischen die niedrigen Buchssträucher. Vom Wegrand hob er einen runden Stein auf und beschwerte den Brief damit.

Er betete nicht.

Jakob Simon entschied selbst, auf welche Weise er mit seinen Vorfahren verbunden blieb.

Edgar Reitz

Drehbucharbeit mit Gert Heidenreich

Einer der Gründe, warum ich Regisseur und Filmemacher geworden bin, mag wohl mit der frühen Erkenntnis zusammenhängen, dass sich meine erzählerische Phantasie am besten im Dialog mit anderen Menschen entfaltet. Mein gewohntes Publikum sind die Schauspieler, die Mitarbeiter im Filmteam und natürlich der Kameramann bei der Vorbereitung eines Drehtages, deren Augen ich mit meinen Geschichten zum Leuchten bringen kann. Im Vergleich zu diesen geliebten Situationen fühle ich mich beim schriftlichen Erzählen einsam, und oft genug versagt die Erzähllust, wenn ich kein Gegenüber habe. Selbst bei einem so persönlichen Stoff wie *Die andere Heimat*, den ich jahrelang mit mir herumgetragen und in Varianten aufgeschrieben hatte, brauchte ich einen engagierten Partner, um die Geschichte in einem Drehbuch zum Erzählen zu bringen. In Gert Heidenreich fand ich zum Glück einen erfahrenen Schriftsteller, der das Erzählen von der Sprache her kennt und als erfolgreicher Romanautor gegenüber dem Filmgewerbe die nötige Souveränität besitzt, die man braucht, um die später unvermeidliche Aneignung des Drehbuchs durch den Regisseur zu ertragen. Gert Heidenreich half mir, das Erzählklima der Geschichte zu schaffen und – was mir viel bedeutet – einen literarischen Ausdruck dafür zu finden.

Es war schon immer meine Überzeugung, dass die Sprache der ursprüngliche Antrieb zum Erzählen ist. Die magische Kraft der Wörter kann Erfahrungen und Ereignisse in einen erzählerischen Fluss befördern, die in der direkten Realität in ihrer Singularität stecken blieben. Die stärksten Bilder, die sich in meiner Phantasie bilden, sind wie Traumbilder. Sie aber wollen sich nur ungern mit anderen Bildern verbinden. Bilder wollen nicht erzählen, sondern schweigen. Sie müssen erst durch Sprachbilder verbunden und gedeutet werden, um Teile einer fließenden Geschichte zu werden.

Im Gegensatz zur landläufigen Meinung ist es nicht das Leben, das die Geschichten schreibt, sondern es sind die Autoren, die den Sinn für Geschichten besitzen und die Bilder, die das Leben anbietet, überhaupt erst erzählbar machen. Das Narrative ist zuerst ein Fluss der Sprache. Von diesen Ursprüngen des Erzählens wollte ich profitieren und gab Gert Heidenreich den Auftrag, unseren Recherchen, Gesprächen, Motivsuchen im Hunsrück und Spielen mit den Figuren der Schabbach-Geschichte in einer freien literarischen Erzählung, unabhängig von jeglicher Filmdramaturgie, Ausdruck zu verleihen. So hoffte ich, mit seiner Hilfe den Eintritt in die Welt des Erzählens zu öffnen. Ich wollte das Gefühl überwinden, dass die vielen Dokumente und recherchierten Fakten noch immer unsere Geschichte erdrücken. Man nennt diesen Schritt, mit dem man sich von der Stoffsammlung und den Handlungsstrategien entfernt, Fiktionalisierung: Alles soll anders werden als die Tatsachen, aber nichts soll ihnen widersprechen. Ich hoffte, dass Gert Heidenreichs Erzählung dieser Schritt gelingen würde. Mit meinem Auftrag ging er in literarische Klausur. Mit seinem Text, den er mir Wochen später vorlegte, wurde der Schritt ins Fiktionale vollzogen. Es spielte für mich jetzt keine Rolle mehr, dass Heidenreichs Erzählung weit von jeglicher filmischen oder verfilmbaren Form entfernt war. Auch der eigentliche Plot war nicht entscheidend, weil es mir um etwas schwer Beschreibbares ging: um das Öffnen einer magischen Pforte, hinter der die Geschichten unabhängig werden von den Tatsachen. Heidenreichs Erzählung entwickelte sich in permanenten Spiralen, in Voraus- und Rückblenden, Assoziationen und parallelen Zeitebenen, sie orientierte sich an der modernen Erzählform des experimentellen Romans und ignorierte die Gesetze der filmischen Erzählung auf imponierende Weise. Gerade der Umstand, dass Heidenreichs literarische Erzählung keine Vorlage für ein Drehbuch sein konnte und wollte, ließ Raum für unsere dann einsetzende eigentliche Drehbucharbeit.

Mit Genehmigung des Autors aus: Edgar Reitz, *Die andere Heimat, Chronik einer Sehnsucht*, das Filmbuch; Verlag Schüren, Marburg 2013